콩새의
아세로라

글·그림 남궁인숙

책:봄

어떻게 키울것인가?

"얘들아! 오늘은 무엇을 하고 어떻게 놀아볼까?"

요즘 나의 최대 관심은 '놀이'다. 2019년 누리과정이 개정되면서 보육의 흐름이 바뀌고 있다. 어린이집 평가인증, 평가제, 누리과정, 표준보육과정 등, 어린이집은 하룻밤 자고 나면 늘 새로운 보육과정과 지침들을 마주하게 된다.

20여 년의 어린이집 원장경력임에도 불구하고 나는 늘 초임 어린이집 원장선생님 같은 마음으로 바뀌어가는 보육과정에 적응하고 접목하기 위하여 발걸음을 재촉하며 재교육을 받는다. 교사중심 교육이 아닌 아동중심의 놀이교육에 치중해야 하는 개정누리과정에 익숙해지기 위함이다.

아침마다 등원하는 아이들의 상기된 표정에서 저 아이들은 오늘 어린이집 안에서 어떤 놀이를 하면서 즐겁게 지낼 수 있을까를 생각해본다.

 누군가는 날씨를 알면 돈이 보인다고 한다. 그러나 나는 그날의 날씨를 보면 아이들의 놀이문화를 알 수 있다. 움직임 자체가 놀이가 되는 아이들에게는 화창한 날씨에 아이들의 놀이도 활기가 넘친다. 그러나 비가 오게 되면 아이들의 놀이 활동은 반경도 적어지고 놀이에도 기운이 없다. 아마도 햇빛의 양이 부족해서인 것 같다. 이렇듯 아이들의 놀이는 가정, 어린이집, 날씨와 같이 아이들을 에워싸고 있는 수많은 환경의 영향을 아주 많이 받고 있다는 것을 알 수 있다.

 마음껏 놀이를 하는 아이들을 마주할 때마다 어린이집 원장선생님은 행복하다. 매일 등원하는 아이들의 웃음소리에 행복해지는 원장선생님의 일상을 혼자서 즐기는 것은 욕심이다.

 《사소한 것에 목숨 걸지 말라》의 저자 리처드 칼슨은 날마다 마음을 전할 누군가를 찾아보고, 진정으로 중요한 것이 무엇인지 자신에게 계속 물어보고, 일주일에 한번은 꼭 진심을 담은 편지를 써보라고 하였다.

 '그래, 바로 이거야!'

 나의 목적은 밥을 먹고 잠을 자는 것처럼 노는 것이 일상인 영·유아에게 생명이 있는 놀이 안에서 진정성 있는 아! 라는 감탄사를 언제 어디서나 자유롭게 표현할 수 있는 아이들로 키워내는 것이다.

　자유롭게 놀면서 창의성을 발현시키는 아이들의 좋은 부모와 좋은 선생님 그리고 좋은 원장선생님을 위해서 아이들을 잘 키우기 위한 소통의 목적으로 편지를 쓰듯이 켜켜이 세월을 쌓아 글을 쓰기 시작하였다.

　어떻게 키울 것인가는 늘 나의 숙제다. 잘 키우자고 굳이 알리려 하지 않아도 나의 속내를 알아차리는 것은 바로 글의 힘이었다.
　아! 오늘도 감동이다. 동요동시대회에서 상을 받으며 코평수를 넓히며, 실룩샐룩 입을 다물지 못하고 토해내는 아이들의 감탄사에서 즐거움이 너울대며 춤을 춘다.
　"와우! 뭘까?" "나는 파란색!" "나는 핑크!"
　오늘도 한 건 올렸다. 강의를 들으며 새겨 놓았던 글귀가 떠오른다.
　나로 인하여 누군가에게 변화가 생긴다면 내가 하는 일은 직업이 아니라 사명이리라.

2020년 7월에

시작할 용기가 있다면 누구나 좋은 글을 쓸 수 있다.
- 스티븐 킹 -

차례

1 그게 엄마야

2 비 오는 날, 악보를 마주한다

3 아리야

7

4 행복이 묻어나는 곳

1

그게 엄마야

"눈을 감아도 , 뜨고 있어도

앞에 있어. 그게 엄마야."

나는 어린이집 원장선생님

나는 '행복한 아이들이 자라는 어린이집'의 원장선생님이다. 인공지능이 대세인 요즘이지만 아직도 해결이 안 되는 부분은 가족 안에서 여성과 남성의 역할 분담, 자녀 양육 문제에 대한 혼란이다. 시대의 흐름에 따라 영·유아 자녀를 둔 가정에서는 보육의 한 방편으로 어린이집이나 유치원을 이용할 수밖에 없다. 한 가정의 경제력을 좌우하는 부모들의 사회 진출은 어린이집의 증가를 부추긴다.

어린이집의 증가는 영·유아 교육기관의 사회적 기여, 여성의 취업 증가라는 긍정적인 측면을 가지고 있지만, 한편으로 보육을 위탁한 부모들에게는 자신의 자녀들이 가정과 같은 정성스럽고 따뜻한 분위기 속에서 보육되고 있는지에 대한 의구심을 갖게 한다.

그러나 사회 일각에서 보여지는 것과는 달리 어린이집의 사회적 기여도는 사교육이면서 공교육에 버금가는 역할을 충분하게 수행하고 있는 공익적 성격을 띤 교육기관이 되었다. 특히 여성의 경제활동으로 아이를 맡길 곳을 찾는 가정에 가뭄 속의 단비 역할을 성실하게 수행하고 있는 것은 어린이집이 아닐까 생각한다.

나는 대학을 졸업한 이후로 해 본 일이라고는 '선생님' 밖에 없다. 삼십이 넘은 늦은 나이에 결혼하여 연년생으로 사내아이 둘을 낳아 키우다보니 일하는 여성으로서 아이를 양육하는 일이 얼마나 버거웠는지 모른다. 두 아이를 키우면서 직업을 가진 여성을 위해, 아이들에게 최상의 보육서비스를 제공하여 건강하고 유능한 미래 인재를 키워서 사회발전에 기여해보고자 하는 열망으로 어린이집 원장선생님으로 인생직업의 터닝 포인트가 되었다.

20여 년의 세월이 흐른 지금 행복한 아이들을 키우는 어린이집 원장선생님으로서, 아이들의 어머니로서, 교사로서의 역할을 위해 노력한다.

인격의 가장 기본적인 성격형성을 가늠하는 영·유아에게 애착관계를 형성하여 좋은 보육환경 만들기에 최선을 다하며, 아이들의 눈높이에서 내 집 같은 편안함을 느끼고, 놀이 속에서 창의적인 어린이로 성장할 수 있도록 알토란 같은 프로그램을 운영하려고

콩새의 아세로라

늘 고심한다.

세상의 모든 부모들은 자기 자식을 금지옥엽으로 여기고 있다. 귀한 아이를 어린이집에 보내준 부모님의 마음을 잘 알기에 어린이집 원장선생님은 늘 다함없는 마음으로 전인적인 인성교육을 지향하고, 부모에게는 안심하고 사회생활을 할 수 있도록 다양한 부모지원 서비스를 제공해주며 '교육, 백년지대계'의 주춧돌 역할을 수행하고자 노력한다.

어린이집에는 아이들의 생애 첫 선생님인 보육교사가 근무하고 있다.

전통악기와 멋진 장고와 부채춤의 사위를 알게 해주시는 사물놀이 선생님,

부드럽고 아름다운 몸짓으로 마음까지도 표현할 수 있는 법을 가르쳐 주시는 율동 선생님,

영유아기에 음감 발달을 되지 않으면 음치가 된다는 생각에 다양한 악기를 활용하여 리듬악기를 연주할 수 있는 능력을 주시는 음률 선생님,

어머니의 독서교육으로 발명왕이 되었다는 에디슨의 일화를 교훈으로 책읽기를 즐겁게 지도해 주시는 동화선생님으로 기적을 이루어 주시는 선생님,

지평선 같은 마음을 지닌 우리 아이에게 무엇이든 심은 대로 잘

자랄 수 있다는 신념으로 생활의 규칙과 질서를 안내하는 매너 선생님,

　아이들을 위한 즐겁고 행복한 보육서비스 제공을 위해서 퇴근 후나 주말을 이용하여 오늘보다는 내일 더 나은 교사가 되어 보고자 보수교육을 열심히 받는 우리 선생님들의 모습이 아름답다.

　세상의 한편에서 아무리 혹독한 채찍질이 있다 하여도, 세상의 대부분에서는 내 아이의 생애 첫 선생님은 아이들에게 아름답고, 선하고, 위대한 꿈을 심어주고자 끊임없이 노력하는 어린이집 선생님의 아이 사랑은 계속되고 있다.

　어린이집 안에서 맑고 밝은 온종일 활기찬 아이들의 마음도 되고 생각도 되는 노랫소리에 행복해지는 나는 어린이집 원장선생님이다.

콩새의 아세로라

귤빛 부전나비

세상에 이렇게 아름다운 나비가 있나? 한강을 걸으며 꽃인 줄 알고 카메라 셔터를 눌렀다. 미동도 하지 않고 그 자리에 꼿꼿이 앉아 있어서 꽃인 줄만 알았는데 가까이 들여다보니 아름다운 나비였다.

나비는 나비목에 딸린 곤충 중에서 낮에만 활동하는 무리를 통틀어 일컫는 아름다운 곤충이다. 전 세계에 약 2만 종, 우리나라에는 250여 종이 있는데 색이 밝고 거의 모두 초식성이다.

식물이 있는 곳이면 어디든지 있으며 남극을 뺀 어느 대륙에서나 볼 수 있다고 한다. 전 세계에 널리 분포하지만 그밖에는 한정된 지역에만 살고 있다. 여러 종들이 각기 한 가지 식물만을 먹고 살려는 경향이 있어서 그 식물이 살기 적합한 곳으로 제한한다고 한다.

나비의 몸은 머리·가슴·배, 이렇게 세 부분으로 되어 있다. 머리에는 1쌍의 더듬이와 겹눈이 있고, 대롱처럼 생긴 가늘고 긴 입은 마치 태엽처럼 말려 있지만 꿀을 빨 때는 길게 펴진다. 가슴에는 2쌍의 날개와 3쌍의 다리가 있고, 날개는 고운 가루로 덮여 있으며 아름다운 무늬를 이룬다.

심리학자 에릭슨은 사람의 인생을 8단계(영아기 → 유아기 → 학령전기 → 학령기 → 청소년기 → 성인초기 → 중년기 → 노년기)로 나눌 수 있다고 하였다. 반면 나비의 일생은 나방처럼 알 → 애벌레 → 번데기 → 나비의 순서로 되어 있다.

인간의 일생주기는 긴 편이지만 나비는 대부분이 1년에 몇 번씩 한살이를 되풀이하며 나뭇잎이나 풀잎 뒤에 알을 낳아 서식한다. 알의 크기와 모양은 다르지만 알에서 나온 애벌레는 나뭇잎이나 풀잎을 먹고 자라 번데기가 되고 다시 나비가 된다.

대부분의 나비는 계절이나 암·수의 종류에 따라서 크기와 모양이 다르고 보호색을 나타내는 것이 많은데, 같은 나비라도 봄에 태어난 것보다 여름이나 가을에 태어난 것이 색깔도 짙고 더 크다고 한다. 알·애벌레·번데기로 겨울을 지내지만, 어떤 종류는 나비인 채로 겨울을 지내기도 한다.

콩새의 아세로라

나비는 예로부터 아름다운 빛깔과 모양 때문에 사람들과 친숙하고 많은 시나 전설 등 문학 작품에 등장한다. 전라남도 함평에서는 해마다 '함평 나비 축제'를 하며 지역의 특색을 알리기도 한다.

성충이 꽃가루를 매개한다는 점에서 자연에 아주 유익하며, 우리 삶과 밀접하게 연결되어 있는 곤충으로 나비가 없다면 유실수는 열매를 얻을 수 없게 되어 생태계마저 위협받게 될 것이다.

백과사전을 찾아보니 한강변에서 찍은 주황색 나비는 '귤빛부전나비', 노란색 나비는 '멧노랑나비'로 불리는 것 같다.

관심을 가지고 보면 어떤 것 하나도 신기하지 않은 것이 없다. 때로는 눈앞에서 맴 도는 곤충들이 귀찮기도 하지만 그들의 율동을 보면서 신기함도 갖게 된다.

우리나라, 대한민국은 참으로 아름다운 나라다. 늘 주변에서 이렇게 신기한 것들을 만나게 해준다.

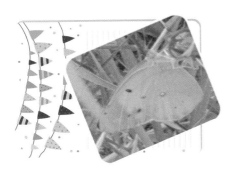

각인(Impringting)

영장류에는 특정한 행동을 학습하는 시기가 있는데 그 시기에 학습을 하게 될 때 가장 크게 영향을 받아들여 발달이 이루어진다는 개념을 밝혀낸 '오리 아빠'라고 불리는 로렌쯔라는 학자가 있다.

로렌쯔는 오리를 통해 실험을 하였다.

한 어미 오리가 낳은 알을 둘로 나누어 한쪽 알들은 어미오리가 부화하게 하고, 다른 쪽은 로렌쯔 자신이 직접 부화를 시켰더니 그 결과 로렌쯔가 부화시킨 천둥오리 새끼들은 로렌쯔를 어미를 따르듯이 졸졸 따라 다니는 행동을 보였다. 그는 이런 새끼오리의 어미오리에 대한 추종 행동을 각인^{impringting}이라고 명명하였고, 새끼오리 실험을 통해 각인에 관한 연구를 통해 입증하였다.

콩새의 아세로라

각인은 어린 동물이 생후 특정한 시기 동안 어떤 대상에 노출되어 그 뒤를 따르게 되며 그 대상에 애착을 갖게 되는 것으로 각인 현상은 '결정적 시기'에만 일어난다고 한다.

또한 출생 후 일정기간 내에만 이루어진 후 나머지 생애 동안 지속된다고 보는데 만약 이 기간에 각인이 되지 않으면 그 이후에는 그 행동을 습득하기가 불가능하다고 한다. 인간의 발달과정에 동물 행동학 이론을 적용시킨 학자들은 로렌쯔의 '각인이론'을 발전시켜 모든 행동에는 '결정적 시기'가 있다고 주장하였다.

영화 〈혹성탈출〉에서 보면 한 가정 안에서 어린 시절부터 성장하는 침팬지 이야기를 보면 침팬지 자신이 그 가족의 일원인 것처럼 살아간다. 침팬지는 인간과 DNA가 유사해서 그런 지도 모르겠지만……

그게 엄마야

병아리가 태어나자마자 오리를 보면 자신이 오리인줄 알고 오리처럼 행동한다는 로렌쯔의 이론과 유사한 내용의 동화책이 있다.

안데르센의 작품인《미운오리새끼》라는 동화는 오리와 섞여 부화된 백조가 오리인 줄 알고 어릴 때는 못생긴 오리처럼 행동하여 친구들에게 구박받았다는 내용이다.

영·유아가 처음 시작하는 말에도 '결정적인 시기'가 있다. 말을 접하는 시기에 미운 말, 폭력적인 말 등의 언어가 처음 각인되면 잘 고쳐지지 않는다. 한번 배운 언어 습관은 잘 고치기 어려우므로 말하는 방법은 처음부터 잘 배워야 한다. 그래서 일상생활 속에서 바른 대화법으로 사용하려고 노력하면 부부 사이에서나 자녀와의 사이에서 대화를 통한 남다른 애착관계를 형성할 수 있다고 한다 ^^*

건강한 밥상

"가족이 뭐 대수냐. 같은 집에 살면서 같이 살고, 밥 먹고, 슬플 때 같이 울고, 기쁠 땐 같이 웃는 게, 그게 가족인거지." 영화 〈고령화가족〉에 나오는 대사다.

우리 민족은 예로부터 밥이 아주 소중한 문화였다. 한국 음식 중에 가장 기본이 되는 음식으로 쌀이 주를 이루기 때문에 일반적으로 밥은 주로 쌀밥을 가리킨다.

보리·콩·조 등의 곡식을 섞기도 하며 밤·감자·나물·김치·고기·해산물 등을 섞기도 한다. 우리 문화에는 가족과 함께 식탁에 앉아 밥을 먹을 때는 지켜야 하는 예절들이 있다. 예로부터 부모님 앞에서는 먼저 수저를 들지 않는다든지 어른과 속도를 맞춰서 먹는다든지 다양한 예절을 배우고 교육을 시키면서 좋은 습관을 길들였다.

종가집 종손이셨던 아버지께서 하신 말씀 중에 부모와 함께 식사하는 자리에서 젓가락 쥐는 법부터 체계적으로 지도 받는다면 적어도 식사시간 만큼은 기본적인 예절을 지켜나갈 수 있다고 하였다.

질풍노도의 시기인 사춘기를 겪는 자녀를 둔 가정에서 부모와 자녀의 갈등이 심해지는 건 그만큼 부모 자녀 간 대화가 적기 때문이다. 서로 대화하지 않으면 오해가 커지고 의견 차이가 클 수밖에 없으니 밥 먹는 시간만큼이라도 함께 서로 아끼고 존중하는 대화를 할 수 있다면 서로 간의 갈등도 풀리고 사이도 좋아지게 될 것이다.

부모는 아이들이 말을 할 때 표현방법이 서투르고 느리게 말을 하여도 늘 기다려주고 경청해 주어야 한다. 아이들은 식사시간에 부모와 대화를 하면서 많은 단어를 배울 수 있다. 책을 통해 배우는 단어가 140개라면, 식사 시간에 익히는 단어는 약 1,000단어 정도라고 한다. 다양한 언어를 배우는 아이들일수록 학습능력도 좋아지고 표현력도 향상되고 더불어 뇌 발달에도 좋은 영향을 끼친

콩새의 아세로라

다는 연구 결과도 있다.

식사 예절 교육은 지능과 인성교육의 효과뿐만이 아니라 건강에도 긍정적인 영향을 준다고 한다. 부모님과 함께 식사하는 아이들은 과일, 채소 등 건강 음식을 그렇지 않은 아이들보다 더 많이 섭취할 수 있으며, 부모님과 함께 먹는 음식들은 대체로 건강식으로 탄산음료나 단 음료처럼 몸에 유익하지 않은 음식들은 멀리하게 될 것이다.

부모님과 아이들이 함께 밥을 먹게 되면 아이들의 건강에 좋은 음식을 상 위에 올리게 되어 저절로 건강에 좋은 식습관이 형성될 것이고 어머니의 정성어린 밥상을 받아 본 아이라면 부모를 공경하고 바르게 자라줄 것이다. 더불어 아버지도 아이들 덕분에(?) 정성어린 아침밥을 먹고 출근하게 되어 직장에서 인정받는 유능한 직장인이 될 것이다.

동·서양을 막론하고 밥상머리 교육은 명문가에서 이루어졌다고 한다. 우리나라 대표적인 사대부 류성룡 선생, 미국의 명문가 케네디 가문도 아이들에게 밥상머리 교육을 실천하였다고 한다.

바르고 건강한 아이를 만드는 밥상, 한상차림으로 뇌를 배 불려 볼까?

겨울나기

올해 처음으로 영하의 추운 날이다. 영하의 추운 날인데 숲으로 체험학습을 갈 수 있느냐고 걱정하는 부모님들의 문자가 들어온다.

가족의 수가 줄어들고 생활이 편리해지면 추운 겨울을 준비하는 일이 적어진다. 그러나 가장 기본적인 월동 준비를 해야 마음이 놓인다. 봄부터 초가을까지 편리하게 이용한 시설물들과 생활용품들을 추운기후에서도 효과적으로 잘 견디어 활용할 수 있도록 보온장치 등을 잘 살펴봐야 한다. 꽃밭의 약한 나무와 뿌리작물에 보온재를 싸서 묶어두고, 지붕의 비 새는 곳, 하수구 막힌 곳 등을 마무리하고, 소방시설을 점검하고, 먹을거리를 채워두고 주변을 조

콩새의 아세로라

절하는 것이 '겨울나기'인 것 같다.

아울러 겨울이 춥고 혹독하다고 느껴지는 소외된 이웃들의 챙김도 잊으면 안 되는 계절이다.

대한민국 육군부대에 아들을 맡긴 엄마는 군부대 제설 작업에 투입될 아들을 걱정하지만 씩씩하게 잘 하리라 믿는다.

어린이집에서는 영유아를 대상으로 대설 한파 시 국민 행동 요령을 익히는 재난 안전 교육으로 대비를 해야 한다. 타고 다니는 자동차는 겨울철에는 배터리 방전이 잘돼 출근길에 낭패를 보기도 한다. 기본적으로 배터리 수명은 3년 혹은 6만 km라고 하니 교환할 시기를 체크하여 미리 관리를 해야 한다.

오늘 영하 6도라는 날씨 예보에 기분이 좋아졌다. 다름 아니라 어제는 겨울을 나기위한 대비의 가장 하이라이트라고 할 수 있는 어린이집에서 김장을 했기 때문이다. 구입하고, 다듬고, 씻고, 썰고, 끓이고, 버무리고, 속 재료를 넣어서 완성한 김치를 보니 뿌듯하다. 마치 이렇게 추울 줄 알고 미리 김장 준비를 한 것 같아 기쁘다.

도와주러 오신 학부모님들의 표정에서도 즐거움이 넘치고, 김장 후 어린이집의 비좁은 한편에서 식사를 하는 모습도 행복해 보였다. 열심히 도와주신 삶의 지혜가 축적되어 있는 살림 9단의 지역운영위원님들과 앞으로의 과제를 해결하는 인턴주부 교직원들, 초심의 마음으로 배워가는 새내기학부모 주부님들의 도움으로 김장을 빨리 끝낼 수 있었다.

고사리 손으로 만든 깍두기가 맛있다고 계속 입에 넣어 입술에 빨갛게 고춧가루를 묻히고도 즐겁다고 하하거리는 아이들의 웃음소리가 정겨운 겨울날 어린이집의 모습이다.

올 겨울에는 좀 더 따뜻하게 지낼 수 있을 것 같다.

콩새의 아세로라

겨울의 소리

겨울 소리

　　　- 김범수 -

빠드득 빠드득
이게 무슨 소리지?
눈에서 뒹구는 소리지.

빠직 빠직
이게 무슨 소리지?
삽으로 눈 파는 소리지.

딱 딱 딱
이게 무슨 소리지?
고드름 따는 소리지.

아하! 겨울의 소리는
빠드득, 빠직, 딱,
이런 거구나!

그게 엄마야

 아들이 일곱 살, 유치원 다닐 때 썼던 동시다. 겨울 날 포근한 날씨에 처마 밑에 매달린 고드름 끝에서 물이 똑똑 떨어지는 날처럼 오늘 날씨가 그렇게 따뜻한 겨울의 한낮을 연상시키면서 군에 간 아들 생각이 오버랩 된다.

머칠 전 휴가를 나오게 되었다고 아들에게서 편지가 왔다. 다정한 아들의 편지에는 엄마에게 사다 주고 싶은 것들의 목록을 적어놓고 고르라고 쓰여 있었다. 아들의 성격이 고스란히 편지 안에 담겨있다.

콩새의 아세로라

그녀와 고르곤졸라 피자

비 내리는 오후, 늦은 점심을 하기 위해 그녀를 만났다. 오랜만에 보는 그녀는 보기 좋게 살이 올라 중년여성들이 가장 싫어하는 얼굴의 잔주름을 이겨내고 있었다. 무엇을 먹을까? 고민하는데 그녀는 고르곤졸라 피자를 좋아한다. 비 오는 날은 버섯스프의 향긋함과 화덕 피자의 향이 어우러지는 창 넓은 레스토랑이 제격이라는 생각이 든다. 우리는 가장 넓은 창을 차지하였다. "나이를 먹으니 비가 좋다"라고 하며 내리는 빗줄기를 감상하며, '어쩌면 비가 이렇게 예쁘게 내릴까?' 지금 그녀의 모습에서 소녀의 감성과 표정이 나온다.

그녀는 그동안 많이 아팠다고 한다. 그러고 보니 그녀를 안 본지

2년도 넘은 것 같다. 아들, 딸 잘 키워 딸은 시집보내고, 아들은 취직이 되어 독립했다고 하는데, 그녀의 얼굴에는 그동안 수고했음의 표정이 역력하다. 그녀를 보고 있자니 삶의 중반에서 어느 정도의 숙제를 마친 그녀가 부럽다. 밀린 레포트를 모두 끝내고 여유롭게 소파에 앉아 음악을 들으며 커피 한잔 내려 마시는 모습 같다.

그렇게 내리는 비를 바라보며 한참을 수다 삼매경에 빠져 있는데 주문한 고르곤졸라 피자의 꾸리 꾸리한 치즈 냄새가 코끝을 자극한다. 나이프와 포크의 날렵한 손놀림으로 고르곤졸라 피자를 메이플 시럽에 콕 찍어 치아 사이에서 쫄깃거림을 즐기다 위장으로 미끄덩 내려 보내니 맛이 좋다.

그녀가 좋아하는 고르곤졸라 피자의 주재료인 치즈는 롬바르디아 고르곤졸라 지역에서 9세기경부터 생산된 것으로 알려져 있다. 고르곤졸라 특유의 푸른곰팡이가 들어간 형태가 완성된 것은 11세기 무렵으로 추정되며 19세기부터는 다른 유럽 국가에 판매하기 시작했으며 현재는 전 세계적으로 수출하고 있다고 한다.

고르곤졸라 치즈는 '블루치즈'라고 불리기도 하는데 숙성 정도에 따라 비앙코Bianco, 돌체Dolce, 피칸테Piccante로 구분된다.

비앙코는 이탈리아어로 '백색의, 하얀'이라는 뜻으로 곰팡이가 가장 덜 숙성된 상태의 치즈이며 돌체는 이탈리아어로 '달콤한, 단'이라는 뜻이다.

콩새의 아세로라

피칸테는 이탈리아어로 '(맛이) 얼얼한, 자극적인'이라는 뜻으로 돌체보다 질감이 단단하며 블루치즈 특유의 톡 쏘는 맛이 가장 강하다. 피칸테 고르곤졸라를 먹을 때는 자극적인 맛을 중화하기 위해 꿀과 함께 먹는 경우가 있다.

고르곤졸라는 노르스름한 바탕에 푸른곰팡이가 마블링된 형태를 가지고 있는데 자극적인 풍미가 있고 독특한 맛을 가지고 있어 와인 애주가들은 안주로 즐겨 찾는다. 다른 치즈와 비교했을 때 다소 짭짤하며 쓱쓱한 맛도 느껴진다. 질감은 크림처럼 부드럽고 독특한 향기가 있어서 리조또, 파스타, 샐러드 등 이태리의 다양한 요리에 쓰인다. 이 짭짤한 맛이 있어 꿀과 잘 어울리는데 고르곤졸라 피자에 꿀이 없으면 '앙꼬 없는 찐빵'과 같다. 꿀에 듬뿍 찍어서 한 입 베어 물면, 츄르르 참참참 ~~~~

그녀는 고르곤졸라 피자는 왜 꼭 꿀에 발라먹는지 궁금하다고 했다. 난 그녀를 위해 고르곤졸라에 관해 글을 꼭 써주마 하고 약속을 하였다. 그녀와 함께 담소를 나누고 고르곤졸라 피자와 파스타를 맛있게 먹으며 시간 가는 줄 몰랐다.

낙엽 지는 비 오는 날이면 그녀와 고르곤졸라 피자가 생각날 것 같다.

국군의 날

　오늘은 국군의 날이다. 많은 사람들이 오늘이 공휴일인줄 알고 쉬는 날이냐고 묻는다.

　1990년부터 국군의 날이 공휴일이었던 것을 폐지하였다. 한글날과 같이 폐지되었으나 한글날은 22년 후에 다시 부활하였다. 그러다보니 국군의 날도 공휴일처럼 느껴진다.

　한국 전쟁 당시 육군 백골부대가 강원도 양양지역을 통해 38선을 넘어 북진한 날을 기념하기 위해 법정 공휴일로 제정되었다고도 하고, 또 국방부 군사편찬연구소의 전문가들은 '국군의 날 제정 당시 자료에 따르면 국군의 날의 핵심 의미는 육, 해, 공군의 단결과 국군의 사기라고 규정하고 있다'라고 설명한다.

콩새의 아세로라

국군의 날은 1956년 국무회의를 통해 처음 제정되어 당시의 관련 공문서에는 국군의 날 제안 이유와 배경에 대해 '3군 통합의 정신과 국군의 사기, 국민의 국방정신을 함양하는 데에 바탕을 두고 재정 및 시간을 절약한다'라고 나와 있었다고 한다. 어느 것이 맞는 사실인지 모르겠으나 국군의 사기 진작이라는 차원에서는 같은 맥락인 것 같다.

　10월 1일로 지정된 것은 마지막 공군이 창설되면서 육군, 해군, 공군의 3군 체제를 완성한 날로 역사적 의미를 기리기 위해 지정된 것이다. 애석하지만 국군의 날이 폐지가 된 이유는 10월에 공휴일이 많이 몰려 있어 경제활동에 많은 지장을 초래한다는 이유라고 한다. 날이 좋은 10월에는 공휴일이 많다.

　두 아들을 육군에 보낸 어머니로써 「국군의 날」은 의미가 있게 느껴진다. 국군의 날에는 군의 사기를 증진시키기 위한 여러 가지

기념행사를 진행하고 있는 것을 보면서 대한민국의 군인으로 보낸 것이 자랑스럽다.

어제 밤에는 작은 아들에게서 전화가 왔다. 엄마가 잘 있는지 안부를 묻는다.

"엄마! 뭐 필요한 것 없어요?"

"왜?"

"음~ 엄마 필요한 것 있으면 PX에서 사다주려……."

"응 고뤠~~~~ 달팽이크림하고, ○○핸드크림, 얼굴에 붙이는 팩하고, 말이 그려진 크린싱 크림하고……"

속사포처럼 필요한 것들을 쏟아낸다. 나이 든 엄마는 어이없게도 속이 참 없다.

"엄마! 내가 써 보니까 말이 그려진 크림은 유분기가 너무 많아서 내 피부에는 안 맞는데 ○○ 크림은 수분크림이라 깨끗한 것 같아요. 그걸로 사다 줄게요."

아들 녀석이 참으로 다정하기도 하다.

"아들! 용돈 없는데 너무 많이 사오지 말고 딱 두 개만 사와! 알았지?"

다시 정정하고 전화를 끊었다.

끊고 나니 기분이 좋아진다. 국군의 날 행군으로 고생은 안 하는지, 어미는 잔걱정으로 멀미가 난다.

콩새의 아세로라

그게 엄마야

늦은 나이에 결혼하여 아이 둘을 낳아 키우며 맞벌이를 하는 그녀는 주중에는 아이들을 어린이집에 보낸다. 주말 내내 아이들과 정신없이 보내고 월요일 아침이면 전쟁을 치르며 어린이집에 맡기기 위해 주섬주섬 아이들 준비물 챙겨서 어린이집 가방에 넣고 아이들 어깨 위에 메고 집을 나서고, 어린이집 현관에서 짐짝 던져놓듯이 아이들 들여보내고 뒤돌아서면 마음은 너덜너덜~~~ 월요일 출근길엔 일을 시작도 하기 전에 벌써 지쳐버린다.

하지만 아이들을 어린이집에 맡겨두고 나오니 씨~ 익~ 웃음이 나온다.

그녀는 근무가 없는 주말이면 두 아이들을 데리고 쇼핑몰을 돌아다니기도 하고, 인형극을 보여주러 다니기도 한다. 집에서 아이 둘과 치대며 있는 것 보다는 쇼핑몰에 데리고 나와서 돌아다니는 것이 더 편하다고 한다.

주말 동안 쇼핑몰에서 아이들 찍은 사진을 보내주면서 "애기들 귀엽지? 너무 예뻐!"라고 한다. 힘은 들어도 키우는 재미는 있나보다.

젊었을 때 나도 아이 둘을 그녀처럼 키운 것 같다. 주말이면 대학로 마로니에 공원, 고궁, 올림픽공원, 한강수영장, 각종 박물관, 전시장, 어린이 소극장 등 안 다닌 곳이 없을 정도로 아이 둘을 끌고(?) 다녔다. 밖에서 에너지를 모두 쓰고 오면 아이들은 밤에 잠을 잘 잤다. 나는 그 효과를 노렸던 것 같다.

아이들은 보고 싶지 않은 연극을 문화생활을 해야 한다면서 캄캄한 소극장으로 데리고 들어갔고, 옛 물건들, 도자기, 군함, 퀘퀘한 오래된 냄새가 나는 박물관을 역사의 현장이라고 우겼고, 모든 것이 새롭고 신기해서 눈 둘 곳을 모르는 아이에게 허둥거린다며 커다란 어른 손으로 고사리 손을 움직이지 못하게 꽁꽁 묶으면서 갈 길을 재촉만 했고, 길을 걷는데 느리게 걷는다고 손을 잡아 힘을 주어 끌면서 조금만 빨리 가자고 재촉했고, 신발을 신을 때는 기다려 주지 못하고 아이들의 손이 움직이기도 전에 신발 끈을 얼른 매주었고, 모든 것이 서툴렀고 '내 맘대로 육아'를 하는 초보 엄마였다.

콩새의 아세로라

그녀의 귀여운 아이들의 사진을 보면서 아주 오래된 영화 중에 '허브'라는 영화가 떠올랐다. 꽃집을 운영하면서 홀로 영원한 일곱 살, 상은이를 키우는 현숙 씨 이야기로 사랑하는 엄마 현숙과 딸 상은이는 준비되지 않은 이별을 하게 된다.

온 세상에 허브향기가 퍼지면 소원이 이루어진다고 믿는 상은이는 '정신지체 3급'이다. 이런 상은이를 두고 암으로 세상을 떠나는 엄마 현숙 씨의 인상적인 대사가 있다.

"눈을 감아도, 뜨고 있어도 앞에 있어. 그게 엄마야."

상은이는 "너무 예쁘게 생긴… 엄마라서 고마웠고, 내 엄마로 살 아줘서 너무 너무 고마워…"라고 한다.

세계적으로 엄마를 지칭하는 '엄마'라는 단어는 발음이 거의 비슷하다. 엄마를 나타내는 단어에 m과 a 발음을 많이 쓰는데 구조적으로 미음(ㅁ)이라는 발음이 아기들이 첫 발음으로 하기가 쉬운 'M(음)' 발음의 구강구조를 가졌기 때문이다. 으으어어~~ 어~ 어~

엄~ 마~.

인간이 최초로 발음 할 수 있는 자음과 모음이 각각 m과 a 여서 아기가 최초로 할 수 있는 발음이 엄마를 나타내는 호칭으로 굳어졌다고 한다. 영국이나 미국은 마미, 맘, 중국, 체코, 러시아, 스페인은 마마, 스리랑카에서도 엄마, 프랑스는 Maman, 독일은 마미, 이탈리아, 스웨덴는 맘마, 베트남은 Me, 몽골은 Am 등으로 불린다.

나라와 지역은 달라도 아이가 가장 먼저 말할 수 있고 가장 자주 말하는 단어가 '엄마'였다. 아빠라는 단어는 한 참 후에 익히게 되어 아빠들을 서운하게 만든다. 우리는 무의식중에 "엄마야!"라고 하며 깜짝 놀라기도 한다.

엄마는 발음하기 쉬운 단어이고 첫 발음으로 배운 단어이기에 위기 상황에서 자동으로 나오게 된다.

엄마처럼 좋은 대상이 세상 어디에 있을까? 막내딸이 스물다섯 살이 되었을 때 환갑도 되기 전에 돌아가신 우리 엄마, 나는 살면 살수록 오십이 넘은 나이에도 엄마가 그리웠다. 그렇게 엄마는 자녀에게 두고두고 아쉬운 존재다.

아이가 힘들고 어려운 상황일 때 항상 옆에 있어주는 것은 엄마다. 엄마는 아이에게 살아 있는 동안 건강할 때 더 많이 웃어주고 더 많이 사랑해 줘야 한다. 무엇으로 대신할 수 없는 바로 그게 엄마이기 때문이다.

그리운 나의 아버지

TV 드라마 〈미스터 션샤인〉에서 유진 초이는 양아버지인 요셉을 하늘나라로 떠나보내며 터지는 울음을 참아내지만, 탁주를 잡은 손끝에서도 슬픔이 담겨 있었고, 넋이 나간 듯 웃는 모습에서도 아버지에 대한 슬픔을 표현하는 모습은 보는 이의 심장을 찢어 놓았다.

'고귀하고 위대한 자여'

'나의 집. 나의 영웅. 나의 아버지'

'부디 잘 가시오.'

(중략)

일 년 전만 해도 드물지만 출근하면서 시골에 계신 아버지께 전화를 걸었었다. 막내딸의 안부를 묻는 전화에 아버지는 늘 반가워하시며 음성이 밝은 초로의 아버지께서는 가족들 안부를 두루두루 묻는다.

평소에 전화를 자주 안 하는 쌀쌀맞았던 육남매 중 막내딸이었던 나는 노인네 가슴을 아리게 했다.

젊은 시절 아버지는 걸음이 무척 빨랐었다. 나는 이른 출근을 하는 아버지를 따라서 학교에 가느라 어릴 때부터 걸음걸이가 아주 빨랐었다.

아버지께 물려받은 것 들 중 으뜸이라면 '부지런함과 빠른 걸음걸이'라고 할 수 있다. 어릴 때부터 몸에 배어 있는 부지런함은 사회생활을 하는데 있어서 커다란 자산이 되었다.

콩새의 아세로라

아버지는 택시를 타고 가야 할 길은 버스를 타셨고, 버스를 타야 할 길은 자전거로 다니셨고, 한가하면 걸어 다니셨다.

내가 버린 물건을 다시 주워 와서 재활용을 하셨던 아버지,

신문 사이의 간지의 뒷면을 이용해 메모지로 활용하셨던 아버지,

TV를 볼 때는 전기를 아끼느라 꼭 전기 불을 끄고 보셨던 아버지,

방마다 다니시면서 소등을 일삼던 아버지,

학령기 때는 불만으로 남아있었던 아버지의 삶의 방식들이었다.

가을 날 수확시기가 되면 학교가기 전에 왜? 꼭 들판에 나가 이삭을 할당량만큼 주워놓고, 등교하도록 하셨는지 어른이 된 한참 후에야 알게 되었다. 탈곡이 끝나면 이삭들이 뒹굴다가 거름이 되기 때문에 탈곡 전에 이삭을 주어야 곡식으로 효용가치가 있어 등교하기 전엔 꼭 이삭을 줍고 가라고 했던 것이었다. 그 당시는 이 행위 자체가 귀찮고 쓸데없는 짓이라고 여겼다.

지금은 가을걷이가 끝나가는 논밭을 바라보며 이삭을 주워 오라고 했던 아버지를 그리워한다.

며칠 후면 아버지 기일이 돌아온다. 그리운 아버지를 더욱 생각나게 한다. 환갑이 다 된 큰오빠는 이렇게 말한다. "난 태어나서 쌀을 처음으로 사다가 먹었다. 생각보다 쌀값이 비싸더라! 아버지가 주는 쌀을 생각 없이 받아먹었다는 생각에 죄송스러웠다"라고 한다.

그동안은 아버지께서 큰아들이 환갑을 넘길 때까지 육남매의 밥상을 책임져 주시며, 한 해도 거르지 않고 육남매의 밥상에 쌀이 떨어지지 않도록 돌아가시는 순간까지 자식들에게 공수해주셨다.

　존경하는 나의 아버지! 아버지가 계셔서, 기댈 곳이 있어서, 그동안은 삶이 녹록했습니다. 그토록 기다렸던 막내딸의 안부 전화, 지금은 전화를 걸고 싶지만 걸 수가 없습니다.

　시경에 보면 이런 말이 있다.'슬프도다! 부모는 나를 낳았기 때문에 평생 고생만 했다.'

　내가 자식을 낳아 키워보니 부모는 평생토록 자식을 위해 고생만 하시다가 가는 것 같다. 이 가을날에 수확이 끝난 들판을 바라보며, 자식들에게 가을걷이 선물을 보낼 생각에 얼마나 뿌듯해 하셨을까…….

　존경하는 나의 아버지,

　가을이 깊어가는 날에 막내딸은 아버지가 그립습니다.

　사랑합니다.

금지옥엽^{金枝玉葉} 내 딸이 시집을 갔다

♬♪♩~~ 수양버들 춤추는 길에 꽃가마 타고 가네.

♬♩♪~~ 아홉 살 새색시가 시집을 간다네.

♬♩~~ 가네 가네 갑순이 갑순이 울면서 가네.

♬♪♭♩!~~ 소꿉동무 새색시가 사랑일 줄이야.

♩♭~~ 가네 가네 갑순이 갑순이 울면서 가네.

♬♪~~ 소꿉동무 새색시가 사랑일 줄이야.

♩♬♬~~ 뒷동산 밭이랑이 꼴 베는 갑돌이.

♬♪♭~~ 그리운 소꿉동무 갑돌이 뿐이건만.

♬♪♪♭~~ 우네 우네 갑순이 갑순이 가면서 우네.

♬♪♭~~ 아홉 살 새색시가 시집을 간다네. ♬♩♭♪♭♭~~

이연실이라는 가수가 서정적인 아름다운 목소리로 불렀던 노랫말이다. 노랫말을 들으면 한편의 동화책을 읽고 있는 것처럼 느껴진다.

조선말에는 조혼제도가 있어서 찢어지게 가난한 살림의 한입을 덜고자 아홉 살에 시집을 보냈습니다. 요즘엔 초혼의 연령이 여자는 34세, 남자는 37세라고 하는데 그 당시에는 너무 어린애를 시집보내 고생시켰던 가슴 아픈 민족의 스토리가 있는 노랫말이다.

'제 손으로 양말도 빨아보지 않던 딸이 시집을 가더니 신랑의 첫끼를 차려 주었다고 사진을 찍어 보내왔어요'라며 지인이 사진을 보내온다. 사진 속에는 새신랑을 위해 따뜻한 한 끼의 식사를 정성스럽게 차려주는 새색시의 사랑이 스며있다.

금쪽같은 내 딸이 어떻게 엄마 품을 떠나 살림을 할까 걱정이 많았을 것 같은 엄마의 마음이 그려진다. 품 안의 새끼라더니 엄마 품을 떠나더니 떡~ 하니 신랑 밥상까지 차려놓는 딸을 보며 엄마는 무슨 생각을 했을까 궁금하다.

식탁 위에 놓인 음식들을 보니 엄마가 만들어 새색시 냉장고에 채워준 음식들이다. 김치, 파김치, 찜갈비…. 아마도 된장국은 새색시가 끓인 듯하고 양파와 상추를 채 썰고 다듬어 씻어 올려놓고 갈비찜과 싸먹으라고 놓아둔 것 같다. 신혼살림 정리가 덜 되어 아직은 예쁜 그릇에 플레이팅할 여건이 안 되었나 보다. 소박하지만

콩새의 아세로라

정갈하다.

문지방 닳도록 다니면서 엄마는 시집간 딸의 냉장고를 채워 줄 것이다. 때가 되면 과일나무의 열매가 많이 열리도록 과일나무도 시집을 간다. 과일 나뭇가지 사이에 돌을 올려놓으면 햇빛의 광합성 작용으로 만들어진 잎의 영양분들이 줄기나 뿌리로 가지 않고 열매에 축적되어 풍성한 열매가 열리게 된다. 그리하여 과일나무도 시집을 보낸다고 한다.

하물며 사람인데 금지옥엽, 아무리 예쁘고 아까워도 품 안에 끼고 살 수는 없을 것이다. 우리말에는 시집보내는 딸을 두고 서운함의 표시로 '여읜다'라고 표현한다.

만남은 언젠가 열리고 되는 이별의 문이라고 한다. 하느님의 은

혜로 내가 낳았지만 자기 반쪽을 찾아 떠나는 딸을 위해 엄마는 축복의 기도를 올리게 된다.

피천득님의 표현을 빌리면 '결혼 생활은 작은 이야기들이 계속되는 긴긴 대화다'라고 한다.

남자와 여자가 한 가정을 이루고 아내가 되고 남편이 되어, 엄마가 되고 아빠가 되면서 자기희생을 배우게 되어 '어른'이라고 한다. 둘이 서로 바라보는 것이 아닌 한 방향을 바라보며 함께 걸어가는 것이 결혼이다.

뿌리 깊은 나무는 바람에 흔들리지 않는 법, 범사에 감사하고 서로 인내하고 이해하면서 배려하고 존중하는 모습으로 항상 행복한 가정이 되도록 노력하며 살아가야 한다. 새로이 시작되는 가정에 축복과 엄마의 기도가 함께한다.

콩새의 아세로라

김제 만경 쌀

벌써부터 긴 겨울이 시작 되려나보다.

첫눈도 내렸고 영하의 차가운 바람이 옷깃을 여미게 한다. 며칠 전 친정아버지께서 어린이집으로 농사 지은 쌀을 택배로 보내주셨다. 김제 만경의 드넓은 평야지대에서 재배한 귀한 쌀이기에 더욱 소중했다.

백미와 현미찹쌀을 보내주서서 반은 어린이집 아이들을 위해 비축해두고, 현미 찹쌀과 백미를 섞어서 교직원들에게 골고루 나눠 주었다.

어쩌면 아버지가 살아생전에 막내딸에게 보낸 마지막 선물이 될 것 같아서 의미 있게 쓰여 졌으면 하는 바람이다.

그리고 어제, 아버지께서 새벽에 응급실에 실려 가셨다는 얘기에 달려가 보니 상태가 좋아보이지는 않았다. 다행히 다시 병실로 옮기셨다니 한시름 놓았다.

쌀이 지천에 널린 곳에서 자라다 보니 어릴 때부터 배고픔을 알지 못했다. 그리고 쌀의 소중함 또한 잘 모르고 성장했었다. 이제와 돌아보니 가장 소중한 것을 나는 인식하지 못했다는 생각이 든다.

매일 먹는 쌀 속에 우리 미래가 담겨있다는 것을 그때는 잘 알지 못했다. 쌀을 재배하는 과정은 매우 험난하다. 도회지에 살았더라면 이런 일들의 과정을 알지 못했을 것이다. 씨앗 틔우기, 논갈이, 모내기, 파종하기, 김매기, 피 뽑기, 수확에 탈곡까지 모두 손이 많이 가는 아주 번거로운 작업들이다.

제6차 산업혁명시대가 도래된 현 시점에서 우리는 우리의 쌀 문화 또한 들여다봐야 한다는 생각이다. 콩으로 시작되는 유전자 조

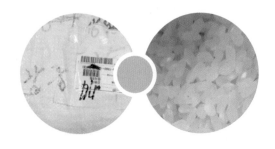

콩새의 아세로라

작 작물, 화학 비료, 대규모 농업의 문제들도 많다. 편리함으로 밥 짓는 수고를 아끼게 해 준 즉석 밥도 생각해 봐야 한다.

생태계의 균형을 깨트리는 지구의 환경 문제도 생각해야 한다. 우리의 건강도 돌아봐야 한다.

아~~~ 과연 우리가 먹는 쌀은 안심하고 먹을 수 있는 쌀일까를 고민해보자.

늘 감사함을 모른 채 덥석덥석 받아먹은 '김제 만경 쌀'을 이제는 더 이상 먹을 수 없게 된다니 아쉽다.

김제 만경의 지평선을 지켜주신 우리 아버지의 쌀!

이제 와서 새삼스럽게 고마움을 느끼게 된다.

언제나 늦은 후회를 한다. 쾌유하시기를 간절히 바래본다.

남한강에서

한 달 전부터 교직원 연수계획을 세운 날짜와 일기예보의 태풍 '솔릭'이 지나간다는 날과 겹치게 되었다. 조마조마 기상청을 친구 삼아 계속 날씨보도에 귀 기울이게 된다. 마침 동해안을 지나간다는 말에 안도하고 교직원들은 일사천리로 자기 본분을 다한다.

계획대로 마트에 가서 장을 보고 준비물을 차곡차곡 쌓아두고 내용물이 무엇인지 궁금하지도 않았는데 자랑을 늘어놓는다.

이것은 차 안에서, 이것은 저녁에 방에서, 이것은 내일 아침에……

'지혜롭게 꿈을 꾸는 행복한 어린이집'을 만들기 위해서 교사의 마음가짐은 아주 중요하다. 나를 되돌아보고 몸과 마음을 정리하

콩새의 아세로라

면서 교사로서의 꿈과 희망을 회복하는 것이 중요하기에 몇 개 어린이집이 연합하여 함께 교직원 워크숍을 진행하기로 하였다.

교사 연수는 교사로서 겪는 스트레스를 공감하고, 자연을 통하여 동료 간의 친분을 쌓고, 멘토링을 할 수 있는 계기를 만들 수 있다.

보육실 안에서 발생하는 문제점에 대해 토의하고 기본생활 습관 지도에서의 애로사항 등을 동료 간의 대화를 통해 해결하는 방법을 찾아보기도 한다.

보육교사라는 직업에 대해 힘들어 하는 교사의 마음을 공감하며 저절로 치유할 수도 있고, 선배교사가 할 수 있는 노하우를 통해 자신감을 갖게 할 수도 있고, 자연과 함께 하는 소통의 장에서 공감영역을 넓혀 갈 수 있다는 점에서 교직원 워크숍은 아주 좋은 방법인 것 같다. 그리하여 년간 서너 번의 교직원 연수는 필요하다고 생각한다.

남한강에서 멋진 웨이크 보드는 타지 못했지만 바나나 보트, 땅콩보트, 플라이 나이트 등을 타면서 남한강의 시원함을 만끽하고 스릴 넘치는 시간도 보냈다. 1박 2일이 아쉬웠지만 또 다른 날을 기약하며 연수를 마쳤다.

집에 돌아와 짐을 풀자마자 문자들이 들어온다.

「이번에도 덕분에 좋은 추억을 만들었습니다. 함께 즐기고 다치

지 않고 재미있게 보낸 교사들 모두 고마워요. 다 들 푹 쉬시고 월
요일에 뵙겠습니다.」

「걱정했던 태풍도 오지 않고 맛있는 고기도 많이 먹을 수 있어서
너무 좋고, 선생님들과 더욱 친해지고 편하게 대화할 수 있는 기회
가 되었습니다. 주말 동안 푹 쉬시고 월요일 뵙겠습니다!」

「이번에는 또 새로운 테마로. 새로운 추억을 쌓게 된 것 같아서.
감사합니다.~ 날씨도 저희 여행을 축복해 주신 것 같아서 좋아하
는 노래도 맘껏 부를 수 있어서 좋았습니다. 주말동안 피로를 푸시

콩새의 아세로라

고 월요일에 만나요. ^^」

「좋은 곳에서 좋은 사람들과 있으니 더 즐거웠던 것 같아요! 즐거운 추억 만들어주서서 선생님들, 원장님께 감사합니다~ 남은 주말 푹 쉬시고 월요일 뵙겠습니다!」

교직원의 전문성을 신장하는 데 도움이 되고자 기획한 짧은 '교직원 워크숍'이 보육실 안에서 수업의 새로운 전환점을 제공하는 계기가 될 것임에는 분명한 사실이다.

너희들! 어느 별에서 왔니?

살다보면 어쩌다가 웃자고 한 이야기에 죽자고 덤비는 상황이
생긴다.

며칠 전 지인들의 SNS에서 누군가 '어린이집 원장선생님의 자리
는 참으로 외로운 자리인 것 같아요? 원장의 임무는 어디까지 일까
요?'라고 묻는다. 재미삼아 어린이집 원장의 임무에 대하여 다음과
같이 열거해 보았다.

어린이집 원장의 임무는 어린이집 환경에 맞게 바람직한 롤 모
델이어야 하고 자아인식능력, 자기관리 능력, 동기부여 능력, 타인
의식 능력, 타인관리 능력, 커뮤니케이션 능력, 진실한 마음과 열
정을 담은 코칭 능력, 조직의 역사적 문화적 배경에 대한 지식을

콩새의 아세로라

갖춰야하며 풍부한 내용지식과 경험이 있어야 하고, 또 호의성, 개방성, 감정적, 안정적, 성실함을 갖추고 있어야 하고. 에고 숨차, 또…….

각종 부처의 감사와 점검을 당연하게 받아야하며 웃으면서 맞이하고 또 오시라고 90도 인사를 하고, 직원들에게는 아무렇지 않은 척 내색하지 않고, 학부모들에게는 치아 8개씩 보이면서 도레미파솔~ 솔 톤으로 '안녕하십니까?' 하고 공손히 예의를 갖춘다.

아이들에게는 온화한 미소를 띠며, 어젯밤에 무슨 꿈을 꾸었는지, 잠은 잘 잤는지, 밥은 먹었는지를 물어보고, 속상한 일이 있어도 전화벨이 울리면 화들짝 놀라며 기쁜듯이 "안녕하십니까? ○○어린이집 ○○○ 원장선생님 입니다"라고 하는 동작을 취한다. 그리고 출근 즉시 통합을 열고 오늘의 업무연락을 확인하고, 어제까지 지출한 지출결의서 작성하고, 교사들 재촉하여 보육일지 제출시켜 확인하고 피드백 해주고, 학부모면담, 부모교육, 부모참여, 부모참관수업, 안전교육, 소방교육, 아동학대예방교육, 성희롱예방교육, 열린어린이집 실시 등을 숫자 세어가며 확인하고, 현장학습 매월 2번씩 계획하여 몸이 지쳐 힘들어도 다녀온다.

청에서 부르면 언제든지 달려가고, 교육 빠진 것 없는지 이 잡듯이 서류 확인하고, 다녀온 교육 및 연수 보고서 작성하고, 승급교육, 직무교육 빠진 것 없는지 확인 또 확인하고, 교직원 건강검진

했는지 확인하고, 성범죄 조회를 해야 하고, 매달 급여일에는 시간 재촉하며 교직원 월급을 이체하고, 각종 공과금 납부하고, 매달 말일까지 교재 및 특기업체, 급식업체 등 결재 안 한 곳 있는지 확인하며 제발 말일까지 결재해 가라고 전화하며 사정하는 직업으로 공항장애인지, 범 불안장애인지 잘 모르는 직업병을 가진 직업이라고 했더니 줄줄이 재미있는 댓글들이 올라온다.

비관주의자는 기회 있을 때마다 난관과 어려움을 먼저 보고, 낙관주의자는 난관에 부딪칠 때마다 기회를 보며, 최고의 낙관주의자는 그 상황을 즐긴다고 한다. 어쩌면 어린이집 원장선생님은 해야 할 일을 스스로 찾아 즐기는 최고의 낙관주의로 살아가야 하는 것이 아닐까 생각한다.

인공지능이 모든 것을 해결하는 요즘엔 사람이 할 수 있는 일은 '사람의 가치'를 존중하는 일이다.

오늘날의 사회는 '마음 치유healing of heart'라기 보다는 '마음 키움raising of heart'이 먼저여야 한다. 마음 키움이 된 사람은 지평선, 산과 들, 논밭을 다니면서 뛰어놀았던 어린 시절의 기억과 추억을 간직하며 힘을 내어 살아갈 수 있다.

어린이들이 자긍심을 갖고 타인을 배려하고 사회를 이끌 수 있는 재목이 될 수 있도록 개성과 소질을 찾아주고 올바른 사회 구성원의 역할을 유감없이 발휘할 수 있도록 마음의 깊이를 채워주고 키워주는 직업이 어린이집 원장선생님이라고 생각한다.

나는 어린이집 원장선생님으로 사는 일이 행복하다. 특히 귀여운 아이들 사진을 찍어줄 때 가장 행복하다. 어린이집 원장선생님 하기를 참으로 잘했다고 생각한다.

어린이집 원장선생님은 교육과정 안의 보육 프로그램을 영유아의 연령, 흥미, 계절 등을 고려하여 구체적이고 연계성 있게 수립하여 반영하기 위하여 공식적으로 사시사철 계절의 느낌을 제일 먼저 알아차리는 직업이다. 또한 아이들의 즐거운 모습을 수시로 찍어준 덕분에 포토그래퍼처럼 사진을 잘 찍게 된다.

현장학습 다녀온 후 사진을 정리하면서 사진 속의 아이들과 수많은 교감을 할 수 있다. 귀여운 것들!

너희들~~ 어느 별에서 왔니? 잘 자라다오. 대한민국의 미래!

원장선생님은 오늘도 너희들 때문에 행복바이러스가 온몸에 퍼져간다. 너희로 인해 나는 어제보다 더 나은 내가 되어 오늘을 살게 되며, 내가 하고 있는 일은 사명이란다.

넌 누구냐?

요즘 맞벌이 가정의 3종 필수아이템 중 하나가 로봇 청소기라고 한다. 조카는 집에 로봇 청소기를 사다 놓았다고 자랑을 한다. 4살 아들이 로봇 청소기를 신기해하면서 로봇 청소기를 따라 다닌다고 사진을 찍어 보낸다. 어린아이 눈높이에서 바라보면 마냥 신기하게 생각될 것 같다.

자동 제어 장치에 의해 청소를 하는 기계로 편리함에 즐거움을 더하는 로봇 청소기는 미래형 하이테크 상품이다. 퇴근길에 원격으로 조종하여 미리 청소할 수 있도록 지시할 수 있는 코딩 시스템으로 되어 있어 더욱 편리하다.

어린아이가 있는 집 안은 당연히 어질러져 있을 것이고, 방과 거

콩새의 아세로라

실 바닥에 널브러져 있는 물건들이 많다. 하루에도 몇 번씩 어질러져 있는 집안을 청소해 내는 일이 맞벌이 여성에게는 버거운 일일 것이다.

인공지능으로 어떤 행동을 하게 만들지를 입력해주므로 로봇 청소기가 자유롭게 돌아다니게 하려면 열린 곳은 문을 닫고, 바닥은 깨끗하게 정리한 후에 사용해야 한다. 어떻게 생각해보면 이중적인 일이 될 것 같지만 편리한 행위임에 틀림없다.

외출 시 작동시키면 시간이나 소음에 신경 쓰지 않아도 되고 사람이 청소하는 것만큼 완벽하진 않지만 어느 정도의 미세먼지, 머리카락 제거에 탁월하다. 로봇 청소기는 편리해진만큼 수고해줘야 하는 부분은 청소가 끝나면 그때마다 청소기 자체를 청소해주어야 수명이 오래 갈 수 있다.

로봇 청소기의 기능이 과거에는 이물질만 흡입하였다면 요즘은 물걸레 기능이 추가됨은 물론 음이온까지 방출하는 로봇 청소기가 개발되어 신혼부부, 영유아를 키우는 가정 등 주요 소비층인 주부들이 더욱 높은 구매층을 갖고 있다고 한다.

컴퓨터는 인간의 삶을 편리하게 바꿔주었다. 생각해보면 컴퓨터로 워드만 사용했던 시절이 1990년 정도였던 것 같다. 그 당시에는 논문을 쓰면서 타자기를 사용하지 않고 컴퓨터로 워드를 치는 것만으로도 충분히 신기하고 편리했었다.

이제는 컴퓨터로 프로그래밍 화되어 있는 청소까지 대신해주는 로봇 청소기가 나왔다. 로봇 청소기가 작동하는 원리는 코딩 작업을 통해 입력된 명령대로 행동하는 것으로 컴퓨터와 인공지능이 앞으로 인간의 삶에 얼마나 많은 부분에 영향을 끼칠 것인가를 가늠하기는 어렵다.

로봇산업은 전 세계적으로 확산되어 산업현장은 말할 것도 없고 가정에서도 로봇의 역할은 점점 더 빠르게 강조되고 있다.

맞벌이 가정의 3종 필수아이템 중 로봇 청소기는 이미 사용 중이고, 이어서 식기세척기와 건조기에도 알고리즘이 장착 된 로봇역할을 해주는 신기한 제품이 곧 출시될 날이 머지않았다. 생활의 편리함을 안겨주는 제품의 출시는 인간의 몸의 움직임을 줄여주고, 와플 모양의 성난 근육을 위해 또 다른 AI 제품을 찾게 한다. AI제품은 우리 몸의 편리함을 어디까지 책임져줄까?

콩새의 아세로라

2

비 오는 날, 악보를 마주한다

음악과 멋이 살아 숨 쉬는 나라, 대한민국!

봄이 오는 길목에서 빗방울 소리와 함께

음악을 눈으로 보고 느끼며 기분 좋아지는 날이다.

눈치가 없으면 공감능력이 떨어진다

눈치가 없는 사람은 대체로 공감능력이 떨어진다. 어쩌다가 성인임에도 불구하고 상황 파악이 잘 되지 않아 사회 생활하는데 곤란한 상황을 겪는 분들을 만난다. 아마도 어렸을 때부터 공감능력을 키우지 못했을 가능성이 있다. 공감능력을 키우는 것은 어디에서 배워야 하나? 학원? 공감능력이 떨어지는 이유를 생각해보면 첫째는 TV나 핸드폰, 둘째는 조부모가 영유아를 키우는 환경이다. (이것도 편견일 수 있다. 그렇지 않은 조부모님이 더 많다)

조부모님이 영유아를 키우다보면 아이들의 에너지를 따라 가지 못해서 TV를 틀어놓을 확률이 많다는 것이다. 공감능력을 기르는 것은 시각과 청각이 가장 밀접한 관계를 갖고 있다.

어린아이는 사방을 감지하는 구조로 되어 있어 오랜 시간 틀어

져 있는 TV속에서 윽박지르고, 큰소리로 떠들고, 화를 내는 환경
이라면 고려해봐야 한다. 화면은 사람들 얼굴에 내비치는 내면의
표정을 보지 못하므로 상대방의 표정을 읽어내지 못한다. 스크린
을 통한 표정은 배우들에 의해 노출되는 과장된 표정과 몸짓이다.

어릴 적 우리 친구들은 아침에 해가 뜨면 해가 뉘엿뉘엿 해 질 때까
지 밥 먹으라고 엄마가 찾지 않으면 해지는 줄 모르고 놀았다. 얼마
전 TV에 방영된 〈응답하라 1988〉에서 치타 아줌마가 대문 밖에서 애
들 밥 먹으라고 동네가 떠나가도록 소리 지르던 모습이 생각난다.

굴뚝의 연기가 모락모락 피어나고, 가마솥의 밥 냄새가 주체할 수
없도록 먹고 싶은 욕망을 자극하는 어스름 지는 저녁 풍경이 그리워
진다. 아침에 집을 나와서 들로 산으로 다니면서 친구들과 싸우기도
하면서 놀다 어스름지면 들어가곤 하였다. 다음날 만나면 어제 언제
싸웠느냐는 표정으로 다시 즐겁게 놀이를 한다. 미웠던 감정은 버리
고, 싸우고, 화해하고를 반복하면서 살아갔다. 그 당시 아이들은 상대
방의 감정을 풀어주는 방법을 '놀이'에서 배웠다.

오징어 놀이, 사방치기, 고무줄 놀이, 공기 치기 등 놀이의 종류도
다양했다. 그 속에서 협동심도 배우고 배려, 양보의 미덕, 일등이 되
는 법, 대장이 되는 법 등도 모두 놀이를 통해서 배우며 성장하였다.

요즘의 현실은?

아파트의 놀이터 벤치에는 엄마 친위부대가 있다. 안타깝게도

아이들의 다툼에 엄마가 놀이에 뛰어들어 해결
을 해준다. 과연 우리 아이들이 놀이 속에서 해
결하는 방법을 배울 시간이 있을까? 요즘 아이들
이 싸우면 학교나 학원에서는 강제적으로 중재시켜 준다. 엄마들
의 요구에 의해서 라고 할 수 있다.

공감을 가르칠 수는 없지만 보여줘서 이해시킬 수는 있다. 공감
능력을 발달시키면 엄청난 사회 변화를 가져올 수 있다.

공감의 어원은 독일어로 '감정을 불어넣다'로 다른 사람의 고통을
함께 느낀다는 것이다. 누군가 시큼한 레몬은 한입 베어 물며 눈을
찡긋거리며 " 아이 셔~ " 라고 하면 상대방도 그대로 신맛을 느끼게
된다. 그래서 공감은 함께(WITH) 하는 것이라고 한다.

공감을 하려면 '관계적 상호작용'의 경험치가 필요한데 다른 사람
의 처지에서 내가 그 입장이라면 어떨지 상상하고, 만약 그 상상이
고통스럽다면 도와주고 싶어 하는 마음으로 '역지사지(易地思之)'라
고 표현한다.

'더 이상 눈치 없는 사람'으로 키우지 말자.

주말가족모임에서 4살 조카의 한마디가 떠오른다. 아빠를 따라 왔
던 조카는 자기 엄마한테 이렇게 말했다고 한다. "삼촌이 비행기도 태
워줬고, 밥 먹으러 멀리 갔고, 많이 웃고 재미있었어"라고. 네 살 아이
가 '많이 웃었다'라고 표현을 한다는 것은 공감능력이 있다는 것이다.

능소화(Chinese trumpet creeper)의 추억소환

유년시절 언니 오빠와 함께 여름방학이 되면 외갓집에 가곤 했다. 외갓집을 가기 위해 버스에서 내려 논두렁을 따라 들판을 지나다 보면 커다란 고목나무 한그루가 집 앞의 장승처럼 '턱' 하니 버티고 서 있었다.

그 뒤로 산 아래 거대한 기와집이 보이면 외가집에 도착한 것이다.

나의 어린 시절에 본 외가의 기와집은 무척 커 보였고, 기와집 앞을 지키는 고목은 더더욱 커 보였다.

그 고목은 너무 커서 올려다 봐야 하고 몸통은 내 몸의 10배 정도 되었던 것 같다. 더 인상적이었던 것은 거대한 고목 안에서 들려오

콩새의 아세로라

는 매미의 노랫소리였다. 아침, 저녁으로 끊임없이 노래를 불렀다. 외삼촌은 시끄럽다고 고목나무의 매미를 향해서 가끔 야단도 쳤다. 그러면 신기하게도 매미는 잠깐 동안이지만 노랫소리를 그쳤다. 고목은 마치 매미가 철마다 얻어 쓰는 전셋집 같았다.

한 여름날, 그 고목은 아주 넓은 그늘을 만들어 주었다. 외삼촌은 고목나무 그늘 아래 넓은 평상을 놓아두어 지나가는 사람들의 휴식처를 제공하였고 우리들의 놀이터가 되기도 하였다.

나는 그늘이 드리워진 평상에 누워 고목을 올려다보는 것을 좋아했다. 더욱 좋아했던 이유는 고목을 타고 피어있는 가장자리가 톱날처럼 생긴 여러 개의 잎이 한 잎자루에 달려 있고 겹잎으로 되어있는 주황색 꽃이었다.

어린 나의 눈에는 기품이 있어 보이는 꽃이었다. 외할머니께서는 '처녀 꽃'이라고 알려주었다.

나의 유년시절에 봐 온 주황색 꽃의 추억이 있었던 곳, 외할머니, 외삼촌 등 여러 어르신들이 돌아가시고 외갓집이 새만금 개발 등의 이유로 외갓집은 흔적 없이 사라져버리고 말았다. 그리고 고목나무와 주황색 '처녀 꽃'의 추억도 그렇게 잊혀졌다.

나는 유년의 추억을 뒤로 하고 어른이 되었고, 결혼을 하여 다시 그 주황색 꽃을 시댁 앞마당에서 보게 되었다. 그것도 서울의 한복판에서 만났다. 시어머님께서 어느 날 고향에 갔다가 그 주황색 꽃 몇 뿌리를 가지고 오셔서 시댁의 정원 향나무 아래 심어 두고 해마다 여름이면 거실에 앉아 정원의 그 주황색 꽃을 보고 계시는 것이었다.

유년시절의 외갓집을 다시 떠 올 릴 수 있어서 반가웠다. 외할머니가 처녀 꽃이라고 알려주었던 그 꽃의 이름은 '능소화'였다.

여름이 깊어져 세상이 온통 초록으로 물결칠 때, 꽃이 귀한 여름날의 아쉬움을 달래주는 꽃!

떨어지는 모습은 모란처럼 지저분하다. 주황색이라기보다는 노란빛이 많이 들어간 붉은빛이며 화려하면서도 정갈한 느낌이다. 정면에서 보면 작은 나팔꽃 같기도 하고 옆에서 보면 깔때기 모양의 짧은 트럼펫 같다.

원래 남부지방에서 주로 심던 나무로 20세기 초까지만 해도 서울에서는 매우 보기 드문 꽃이었다고 한다. 옛날보다 날씨가 훨씬 따뜻해진 탓에 지금은 서울을 포함한 중부지방에서도 잘 자란다.

콩새의 아세로라

옛날에는 양반집 마당에만 심을 수 있었다는 이야기도 있다. 꽃말에 '명예'라는 뜻이 있어서 '양반꽃'이라고도 하였으며, 문과에 장원급제한 사람이나 암행어사의 모자에 꽂은 꽃이라 하여 '어사화'라고 불렀다고 한다.

원래 중국이 원산지이며 우리나라 전역에 심어져 있다. 요즘은 미국산 능소화를 주로 심어서 미국산 능소화를 만나는 것이 훨씬 쉽다. 미국산 능소화는 꽃의 크기가 작고, 거의 위로 향하여 피며 더 붉은색을 띠며, 꽃말은 여성, 명예, 그리움, 기다림이다.

임금님을 사모하던 '소화'라는 궁녀가 있었는데 임금님의 눈에 띄어 빈의 자리까지는 얻었으나 그 후로 임금님이 찾지 않았다고 한다. 담벼락에 숨어 임금님이 지나가는 모습을 기다리다 끝내는 그리워만 하다가 죽게 되어 담벼락 아래 묻히게 되고, 그 자리에서 서럽게 이 꽃이 피어났다고 한다. 담벼락을 타고 올라가서 임금님이 오고 갈 때, 먼발치에서 얼굴만이라도 보려는 슬픈 사연이 있는 꽃이다.

한강공원을 지나다 보면 고목을 타고 색의 종류가 다른 능소화가 여러 개 피어 있다. 지나는 길에 너무 아름답고 기품이 있는 능소화를 향해 '찰칵' 카메라 버튼을 눌러보았다. 나의 유년시절의 기억을 소환시켜주는 너무나 예쁜 꽃, 무더운 여름이지만 능소화를 바라보며 지나는 길은 행복하다.

소소한 행복은 바로 이런 것이 아닐까?

늦잠

늦게까지 잠을 자는 것을 '늦잠'이라고 한다. 늦잠은 원래 '늦게', '늦은'의 뜻을 더하는 접두사다. 어근의 앞이나 뒤에 파생 접사가 붙어서 '접두사' 또는 '접미사'라고 하며, 파생접사가 붙어서 만들어진 단어를 파생어라고 한다.

이렇게 만들어진 '늦잠'은 게으름을 상징하는 단어로 쓰이기도 한다.

며칠 동안 참으로 오랜 만에 늦잠을 자고 있다. 침대에 등을 붙이고 베개를 요리 조리 움직여 고개를 왼쪽 오른쪽으로 돌리며 얼굴을 부비고, 다리를 길게 뻗었다가 오므렸다가를 반복하며, 두 다리를 쭉 펴고, '똑' 하고 뼈가 부딪치는 소리가 날 때까지 기지개를 켜

콩새의 아세로라

보고, 그러다가 알 박힌 종아리에 쥐가 나기도 한다…….

30년이 넘도록 새벽 5시면 기상을 하고 있는 나에게는 이변이 일어나고 있는 셈이다. 하루에 4시간만 자는 나폴레옹도 아니고 에디슨도 아닌 나는 새벽에 기상하여 이 닦고, 고양이 세수하고, 냉장고 뒤적여 간단한 아침 식사를 마치고, 체육관을 향하여 또는 한강을 향하여 활기찬 하루를 시작하는 것이 나의 일상의 시작점이었다.

늦잠을 자게 된 원인은 코로나19 때문이다. 이로 인하여 어린이집은 보기 드물게 휴원을 하게 되었고, 모든 공공성을 가진 기관, 사람이 많이 모이는 곳은 휴관을 하고 있기에 나의 새벽을 열었던 체육관의 휴관으로 갑자기 새벽의 잡일(?)을 할 수 없게 되었다. 그리하여 나는 일찍 일어나서 집안을 서성이기보다는 침대를 벗 삼아 늘어지게 아침 잠을 실컷 자보기로 결정하였다.

2시간 늦게 일어나 오전 7시에 기상을 하고 보니 두통이 온다…….

토막잠을 잤던 '윈스턴 처칠'은 삶의 활력의 근원은 낮잠이라고 하였는데 난 두통이 온다. 생활패턴이 바뀌면 몸은 적응기간이 필요한 것 같다.

난 출근을 안 해도 될 만큼 휴가가 남아 있다. 학기말에 여유 있게 사용하려고 아끼고 아껴 둔 금쪽같은 휴가기간이다. 그러나 코로나19로 휴가는 포기하였다. 우겨서라도 사용할 수 있지만 원장으로서 비상사태에 휴가를 낸다는 것은 참으로 염치없는 행동으로 보여 허공중에 날려버렸다. 대신에 늦잠이라도 자면서 보상해주려고 했다.

누군가에게는 늦잠이 꿀맛일 것이다. 몸의 영양에 좋고 달달하기 까지 한 꿀맛 나는 늦잠의 유혹에 취해보지도 못하는 나의 생활패턴에 약이 오른다.

우리 몸은 시계와 같은 역할을 하는 유전자가 있다고 한다. 이 유전자는 잠이 들고 깨는 시간과 몸에 필요한 수면의 양을 결정해 준다고 한다. 유전자의 조절에 따라서 사람들은 저마다 생체곡선을 갖게 되는데, 잠을 잘 오게 하는 '멜라토닌'이라는 호르몬 때문이라고 한다. 겨울의 짧은 일조량에 따라 멜라토닌이 아침 늦게 까지 남아있게 되어 늦잠을 자게 된다고 한다.

그러나 나의 멜라토닌 가득한
포근한 늦잠은 오늘까지 마치기로 한다.

내일 새벽은 한강으로 가자!

마니토(manitou) 놀이

요즘 쉬는 시간마다 교사실에서는 교직원들의 웃음소리가 끊이지 않는다. 올 한해는 송년을 어떻게 보낼까? 궁리하는 소리가 여기저기서 들려온다. 교직원들은 연말이 되면 해마다 하는 행사 중에 '마니토놀이'가 있다. 얼마 전 방영한 〈응답하라 1988〉에서도 소개된 놀이다.

마니토는 북아메리카 인디언의 자연을 지배하는 초자연적인 신을 의미한다. manito 자신의 정체를 숨기고 편지나 선물, 선행을 제공하는 사람, 이태리어로는 비밀 친구, 스페인어로는 '수호천사'라는 뜻이다.

마니토의 유래로는 마피아 초기부터 나온 말로 정확한 기원은 이탈리아의 통일을 염원하는 카르보나리^{Carbonari} 당원들끼리 쓰던 호칭에서 비롯된 말로 드라마 〈미스터 션샤인〉에 나오는 '의병'쯤으로 알면 될 것 같다. 실제로는 카르보나리 당원들은 자신을 구해 준 마니토가 누군지 죽을 때까지 알지 못했다고 한다. 학생들 사이에서는 '애인같이 상대방을 생각하고 아껴주는 친구'를 의미한다. 땅콩껍질 속의 땅콩 두 알에 비유하여 '땅콩친구'라고도 불린다.

마니토는 누군가의 천사가 되어 그 사람을 위해 2, 3주 동안 봉사를 하는 것으로 마니토가 되면 어떤 방법으로 상대를 보살피든 상관은 없다. 마니토를 뽑는 방법 중의 하나로는 제비뽑기가 있다. 조그만 상자에 구성원 전체 이름을 각각 써서 적어놓고 제비뽑기 통에 넣고 순서를 정해서 접혀진 종이를 뽑는다. 만약에 내가 뽑은 종이에 'OOO'이라고 적혀 있다면 그 사람 몰래 도와주거나 선물 또는 선행을 베풀면 된다. 물론 종이는 다른 사람에게 보여주면 안 된다. 게임이 끝나는 마지막 날에 "내가 당신의 마니토였어요."라고 말하면 선물이나 도움들을 받은 사람은 "아! 당신이 그 선물을 줬군요?"라고 하며 고마워하고 즐거워하며 마니토에게 편지와 함께 선물을 주기도 한다.

어제 오후에는 교직원들과 제비뽑기를 한다. 깔 깔 깔 깔~~~ 까르르 까르르~~~ 젊은 사람들은 부럽게도 참으로 웃음도 많다. 신나고 재미있게 뽑기가 끝났다. 이게 뭐라고 심각하게 떨린다. 나의 마니토가 결정되었다. 짜잔~~~~ 어떤 방식으로 이 분에게 선행을 베풀어야 할까요? 나는 오늘부터 정해진 마니토에게 하루 한 번은 선행을 베풀어야 한다. 아침에 만났는데 어색하다.

설렘 주의보! 심쿵! 뭉클!

송년을 보내는 날이 되면 교직원들은 한 개씩 준비해 온 선물을 쌓아두고 사다리타기를 한다. 당첨이 되면 미리 준비한 누군가의 선물을 골라간다. 사사로운 게임이지만 직원들은 항상 즐거워하며 그 누군가의 선물의 종류를 기대하며 사다리 타기를 한다.

AI시대에 사회가 각박하고 환경과 문화, 정서가 바뀌고, 관계의 건조함 속에 살아가지만 올 연말에는 마니토 게임으로 감동을 나눠줄 수 있는 사람과 사람과의 관계 안에서 소소한 정을 나눠 보는 재미를 느껴보자. 좋은 인간관계를 형성해 가는 내가 살아가는 방법 중 하나라고 할 수 있다.

※참고 - 나무위키

마스크, 너~어~

요즘 어디를 가나 마스크를 바르게 써야 한다.

행인들끼리도 마스크를 쓰지 않으면 외계인 쳐다보듯 한다. 언제 어디서나 바르게 마스크 사용을 권하는 사회적인 분위기 때문이다.

마스크를 쓰고서 생활하다보니 청춘도 아닌데 뾰루지가 나기 시작한다. 하루 종일 내 호흡에서 나오는 독성과 부직포 사이의 알 수없는 조합으로 피부에 트러블이 생기는 것 같다.

마스크가 마트의 상품진열대에서 사라졌다. 어제는 마트와 약국 등 여섯 곳을 다니다가 겨우 구입했다. 공적마스크를 제외하고는 마스크 가격이 세 배 정도 인상된 것 같다. 마스크 구하기가 하늘의 별 따는 것만큼 어려워졌다. 그만큼 마스크는 귀한 손님이 되었고, 호환마마보다 더 무서워진 코로나19 감염증이 계속적으로 확산되다보니 진풍경이 생긴다. 마스크를 사재기하는 사람, 품질 좋은 한국제품의 마스크를 자국으로 가져가려고 수천 개를 사재기하여 공항으로 가지고 가다가 뺏기는 외국인, 불량마스크를 식품의약안전처에서 인증하는 바이러스 차단용으로 제작된 방역마스크 KF 94라고 속여 팔기도 하고, 인터넷으로 구매요청 해 놓고 기다리는데 판매자가 사라지고, 구하려고 여기저기 찾아다녀 봐도 구하기 힘든 건 사실이고, 구해도 너무 가격이 비싸서 쉽게 살 수가 없게 되었다. 결국 정부에서는 수출까지 규제하는 상황까지 왔다.

  뭔 난리람……

  매스컴에서는 군부대 군인을 동원하여 인력 부족으로 중단된 마

스크 제조를 도와주는 모습을 보여준다. 인터넷에서는 천으로 마스크 만드는 방법들이 난무한다. 일반 천 마스크는 미세먼지나 코로나바이러스를 걸러내는데 취약하여 한동안 터부시 되었었는데, 요즘 만드는 천 마스크는 빨아서 필터만 갈아 끼우면 재사용이 가능하다고 한다.

정부는 고심하면서 마스크 수급이 가능한 여러 가지 대안들을 내놓고 있으나 탐탁하지는 않다. 공적마스크를 판매하기 시작하였으나 공적마스크를 구입한다는 것은 꿈도 꿀 수 없겠다. 1인당 마스크 두 개까지 출생년도 끝자리에 맞춰서 마스크를 구입할 수 있는 대안을 내놓고 실행하는 중이다. 마스크를 사기위해 골목마다 약국 앞에 줄을 서고 기다리는 행인들의 모습을 볼 수 있다. 미리 줄서있는 행인을 위한 배려로 번호표를 나눠주는 약국도 있다. 그나마 30분이면 동이 난다.

나는 출근 전에 교직원들에게 단체로 문자 메세지를 보냈다. 출생년도 끝자리에 맞는 교직원들에게 마스크를 사고 현금영수증을 받아오면 어린이집에서 지급한다고 하였다.

서울시 보육사업안내 93페이지의 현금지출 기준은 클린카드 사용이 원칙이며, 클린카드 사용이 불가능한 경우에 현금영수증은 어린이집 명의로 발급받아야 한다는 기준 때문이었다.

헐~~ 공적마스크를 구매하기 위해 장시간 줄서기를 하면서 마

콩새의 아세로라

스크를 사는 분주한 시간에 천 오백원 하는 마스크 두 장을 사면서 "현금영수증 해주세요." 소리가 안 나올 것 같다. 어서 빨리 마스크 없이 살아지는 세상이 오기를 고대해본다.

명란젓과 아보카도

충청도의 젓갈도시 강경으로 여행을 갔던 지인으로부터 종류별로 젓갈을 선물 받았다. 조개젓, 낙지 탕탕이젓, 새우젓, 명란젓, 그 중에 명란젓은 최고였다. 중독성이 강해서 밥도둑이라는 젓갈은 시간과 기다림이 만들어낸 음식이라고 할 수 있다. 세계 어느 나라나 고유의 젓갈이 있지만 우리나라는 일본과 함께 젓갈 천국이라고 할 정도로 젓갈이 다양하다.

문헌을 보면 젓갈 종류가 140종이며 시중에 판매되는 젓갈의 종류는 40종이 넘는다. 젓갈은 양념으로 쓰이기도 하고 반찬으로도 많이 먹는데 세월을 녹여내는 곰삭은 맛이 은근해서 중독성까지 있다. 맛있는 젓갈 한 가지로 밥 한 그릇을 모두 비울 수 있으니 절제하지 않으면 과식하기 쉽다.

　TV 스페셜프로그램에서 〈간헐적 다이어트〉에 대해 방영하여 나도 따라 해보려고 며칠 전부터 시작했는데 포기했다. 퇴근 후, 냉장고 안의 명란젓의 유혹을 떨쳐 버리기가 쉽지 않다. 명란젓은 명태의 알을 소금에 절여 삭힌 젓갈로 대표적인 '국민 먹을거리'라고 할 수 있다. 각종 비타민과 단백질 등 인체에 유익한 영양소가 풍부하게 함유되어 건강에 아주 좋은 식품으로 알려져 있다. 특히 비타민 B와 단백질이 풍부해 과한 스트레스나 잘못된 식습관, 불면증으로 만성피로를 겪는 사람이 명란젓을 꾸준히 복용하면 체내의 신진대사를 원활하게 해주고 혈액순환을 돕고 혈류개선으로 피로회복의 속도를 높일 수 있다.

　면역력 증대에 효과적이고, 항암작용도 뛰어나며, DHA성분이 풍부하여 두뇌발달 및 뇌 건강에 필수인 성분을 갖고 있으며 치매예방에 효과적이며, 생선 알은 콜레스테롤의 수치를 낮추는 효과가 있다. 육류보다 생선을 먹어야 하는 이유라고 할 수 있다.

　좋은 것이 있으면 나쁜 것도 있다. 혈압이 높은 사람은 명란젓을 섭취하게 되면 나트륨의 이온작용을 증대시켜 혈압상승의 우려가 있으니 섭취를 자제해야 한다.

　요리법에는 명란을 잘라서 참기름을 바르고 전자렌지에 살짝 구워먹기도 하고, 청양고추와 파를 송송 썰어 계란을 풀어서 명란을 넣고 휘휘 저어 중탕으로 '계란찜'을
해먹기도 하고, 명란을 다져 스파게티
면에 섞어서 '명란스파게티'를 해먹기
도 하며, 하얀 쌀밥 위에 계란프라이와
명란, 아보카도를 잘라 넣고 쓱쓱 비

벼먹는 '아보카도 명란비빔밥'을 즐겨 먹는다. 명란젓과 아보카도?
어울리지 않는 음식의 조합 같다.

아보카도라는 과일의 이름은 고대 아즈텍어에서 유래하여 신대
륙을 발견한 유럽인들이 멕시코 인근에서 처음 발견했다고 한다.
'생명의 근원'이라고 불릴 정도로 다양한 효능을 지니며, 숲에서 나
는 버터라고 불리는 아보카도 한 개는 하루에 필요한 섬유소의 3
분의 1을 섭취할 수 있고, 약 320Kcal의 에너지를 낼 수 있다.

갱년기 여성에게는 비타민E가 필요한데 젊음을 되찾을 수 있는
비타민 E가 풍부하여 강력한 항산화력을 가진 식물성 화학물질(파
이토케미칼)이라고 할 수 있다. 아기피부를 갖게 해주는 강한 항산
화 작용, 필수지방산 성분이 많이 함유돼 있어 피부 건강을 유지하
는데 도움을 준다.

좋은 식품으로 건강해지는 삶, 추구할 만하지 않나?

콩새의 아세로라

미안하다고 말하는 법

가끔 예배 시간에 목사님의 설교 말씀이 가슴에 '콕' 박힐 때가 있다. '실수를 인정하지 않고 사과할 줄 모르는 부분'에 대해 목사님께서 열변을 토하시는 모습을 보면서 며칠 전의 한 상황을 떠 올려본다.

현장학습 중에 한 아이가 친구를 밀치고 넘어뜨리고 화장실에 숨었다가 선생님이 쫓아가니 어른 화장실로 들어가서 문을 잠가버린다. 밖에서는 열 수 없는 화장실이었다. 한참을 기다리니 친구를 밀친 아이가 나왔다. 화장실에서 나오더니 다른 친구들 사이로 아무렇지 않게 비집고 들어간다.

나는 그 아이를 불러 물어보았다. 그 상황 속에서도 고집을 피우며 친구들한테 가겠다고 떼를 쓰면서 울음으로 일관한다. 울도록 놓아두고 그치기를 기다렸다. 울음을 그치고 안정이 되었기에 그 상황을 다시 물었다. 그때 어떤 마음으로 친구를 밀쳤는지? 지금은 어떤 마음이 드는지? 그리고 지금 미안한 마음이 드는지를 물었다.

30여 분을 실랑이 끝에 얻어낸 말은 나의 머릿속을 복잡하게 만들었다. 미안한 마음이 들면 그 친구에게 가서 미안하다고 말해보자고 했더니 가지 않겠다고 하며 또다시 울음으로 표현한다. 겨우 달래어 얻어낸 다음 말은 '부끄러워서 미안하다고 말하기가 싫다'고 하였다.

여러분은 이 상황에서 어떻게 해결을 해주실까 궁금하다.

나는 이 아이에게 밀쳐서 넘어진 친구에게까지 데리고 가는데 많은 시간을 할애할 수밖에 없었다.

목사님 설교 시간에 들었던 〈창세기 44:1~44:13〉 성경구절을 다시 읽어 보았다

1. 요셉이 집 관리인에게 명령하였다. "저 사람들이 가지고 갈 수 있을 만큼 많이, 자루에 곡식을 담으시오. 그들이 가지고 온 돈도 각 사람의 자루 아귀에 넣으시오.

2. 그리고 어린 아이의 자루에다가는, 곡식 값으로 가지고 온 돈과 내가 쓰는 은잔을 함께 넣으시오." 관리인은 요셉이 명령한

대로 하였다.

3. 다음날 동이 틀 무렵에, 그들은 나귀를 이끌고 길을 나섰다.

4. 그들이 아직 그 성읍에서 얼마 가지 않았을 때에, 요셉이 자기 집 관리인에게 말하였다. "빨리 저 사람들의 뒤를 쫓아가시오. 그들을 따라잡거든, 그들에게 '너희는 왜 선을 악으로 갚느냐?

5. 어찌하려고 은잔을 훔쳐 가느냐? 그것은 우리 주인께서 마실 때에 쓰는 잔이요, 점을 치실 때에 쓰는 잔인 줄 몰랐느냐? 너희가 이런 일을 저지르다니, 매우 고약하구나!' 하고 호통을 치시오."

6. 관리인이 그들을 따라잡고서, 요셉이 시킨 말을 그들에게 그대로 하면서, 호통을 쳤다.

7. 그러자 그들이 그에게 말하였다. "어찌하여 그런 말씀을 하십니까? 소인들 가운데는 그런 일을 저지를 사람이 하나도 없습니다.

8. 지난번 자루 아귀에서 나온 돈을 되돌려 드리려고, 가나안 땅에서 여기까지 가지고 오지 않았습니까? 그런데 어떻게 우리가 그대의 상전댁에 있는 은이나 금을 훔친다는 말입니까?

9. 소인들 가운데서 어느 누구에게서라도 그것이 나오면, 그를 죽여도 좋습니다. 그리고 나머지 우리는 주인의 종이 되겠습니다."

10. 그가 말하였다. "그렇다면 좋소. 당신들이 말한 대로 합시다. 그러나 누구에게서든지 그것이 나오면, 그 사람만이 우리 주인의 종이 되고, 당신들 나머지 사람들에게는 죄가 없소."

11. 그들은 얼른 각자의 자루를 땅에 내려놓고서 풀었다.

12. 관리인이 맏아들의 자루부터 시작하여 막내아들의 자루까지 뒤지니, 그 잔이 베냐민의 자루에서 나왔다.

13. 이것을 보자, 그들은 슬픔이 북받쳐서 옷을 찢고 울면서, 저마다 나귀에 짐을 다시 싣고, 성으로 되돌아갔다.

어린 시절을 떠올려 보니 실수를 인정하는 일이나, 사과하는 법을 제대로 못 배웠던 것 같았다. 부모님께서도 미안하다고 말하는 법을 강조하지 않았고, 잘못했을 때는 어떻게 해야 하는지 이런 것은 가르칠 일이라고 생각하지 않으셨을 것이다.

누구보다 예의바르게 컸다고 생각하는 나는 〈디어 마이 프렌즈〉라는 TV드라마에서 '미안하다고 말하는 법을 배우지 못했다' 고 했던 신구 할아버지의 대사처럼 제대로 사과하는 법, 미안할 때는 미안하다고 말로 하는 법을 배우지 못했었다. 또한 사과하지 않는 것이 자존심을 지키는 일이라고 생각하였다.

'부끄러워서 미안하다는 말을 못 하는 아이'는 나의 뒷모습이 아니었나 생각해 보았다.

콩새의 아세로라

엄마는 예술가가 꿈이었다.

아들이 여섯 살 때였다. 대부분 육아와 직장생활을 병행하는 바쁜 엄마들은 아이들이 어린이집을 다녀 온 후 오후 시간을 어떻게 하면 엄마 없이 잘 보낼 수 있을까를 고민하며 영어 학원, 미술 학원, 피아노 학원, 태권도 학원 등을 기웃거린다.

마침 집 근처에 피아노 학원이 있어서 아들을 피아노 학원에 등록시켰다. 어린이집 하원 후에 피아노 학원에 다녀오면 엄마의 퇴근 시간과 맞출 수 있기 때문이다. 피아노 학원을 다니기 시작한지 약 두 달 정도가 지났을 때, 피아노 학원 선생님께서 할 얘기가 있다고 전화를 하셨다.

"어머니, 죄송하지만 더 이상 ○○이를 못 가르치겠어요. 돈도 좋지만 양심상 이건 아닌 것 같아요."

"왜요?"

아들은 피아노 학원에서 피아노 치는 건 뒷전이고 피아노 밑으로 들어가서 눕고, 피아노 의자에 앉아 딴청을 부리고, 선생님 하는 얘기에 귀 기울이지 않고 장난만 치고 시간을 보낸다는 것이었다. 나는 말문이 막혀서 대답도 하지 못하고 전화를 끊었다. 그 후로 아들은 피아노 학원을 그만두었고 음악과 관련된 것은 어떠한 것도 시키지 않았다.

언젠가 대학생이 된 아들과 등산을 하면서 그때 왜 피아노 학원에서 왜 그런 행동을 했는지 물어보았으나 아들은 그 당시의 일들을 기억하지 못했다. "내가 그랬어요? 엄마가 하기 싫은 걸 시켰나보죠" 라고 한다.

피아노를 배우게 한 엄마의 속내는 전공으로 배우게 할 목적이 아니었고, 남자가 성인이 되었을 때 악기를 다루면 근사해 보여서 시켰을 것이다.

누구나 진정으로 하고 싶은 것이 있을 수 있다. 그러나 아이들은 하고 싶은 일을 찾아서 할 수 있는 연령이 아니므로 엄마가 가이드를 하는 것이다.

엄마로 살고 있는 나도 가끔씩 내가 원하는 것이 무엇인지 잘 모르겠다. 종종 아이들에게 관심을 많이 갖고 있는 부모들은 아이들 장래의 어떤 방향을 제시해 주려고 한다. 아이가 원하는 일이 아니라 순전히 부모 생각으로 정해주다 보니 불협화음이 생길 수 있다.

콩새의 아세로라

생각해보니 나도 초등학교 4학년 때, 시골에서 자랐지만 그 당시 피아노 학원을 다녔었다. 3년을 다녔지만 하기 싫은 피아노여서 겨우 체르니 30번 후반부를 배우다가 중학생이 되었다.

그 당시 우리 엄마는 당신이 누려보지 못한 호사를 두 딸을 제치고 막내딸에게 해주고 싶어서 피아노를 가르쳤다. 대부분의 친구들은 피아노가 배우고 싶어도 형편상 배우지 못했던 시절이었는데 그것이 호강인줄 모르고, 피아노 학원에서 선생님만 없으면 피아노는 뒷전으로 건너편 피아노실의 친구들과 노는 일에 집중했었다.

아이의 생각과 상관없이 부모가 만족하기 위해 피아노를 치게 하고, 그림을 그리게 하고, 외국어를 배우게 한다. 몇몇 아이들이 부모의 의중을 잘 알아서 따라주면 조수미도 나올 것이고, 피카소도 나올 것이고, 강경화 외교부 장관도 나올 것이다.

부모가 행복하다고 아이가 행복한 것은 아니다. 그러나 아이가 행복하면 부모는 마냥 날개를 달고 행복해진다. 부모가 아이의 행복에 중점을 둔다면 아이가 좋아하는 것을 미리 파악할 수 있고, 그것을 아이의 특기로 이끌어줄 수 있는 것은 부모의 몫이다. 그러나 자칫 부모가 하고 싶었던 것, 부모의 오만함으로 아이를 망칠 수도 있다.

타이어의 바람을 조금 빼면 모래밭에 빠진 바퀴를 끌어올릴 수 있는 것처럼 부모의 힘을 조금 빼 줄 수 있다면 아이들은 행복해질 것이다.

박 터트리기 와 피냐타(Piñata) 터트리기

초등학교 시절, 운동회의 하이라이트였던 박 터트리기,

동지팥죽 먹는 날, '동지 한마당 행사'를 하는 곳에서 박 터트리기 행사를 하고 있다. 그 모습이 너무 재미있어 보여 여러 컷의 사진을 찍어보았다. 사람들이 옹기종기 모여 콩 주머니를 던져 박이 터지니 그 안에서 염원을 담은 좋은 글귀의 현수막이 흘러나온다. 좋은 기운의 염원을 기리는 행사라고 해야 할까? 여러 사람이 힘을 합쳐 함께 나누는 재미에 의미를 두는 것 같다. 예전에는 커다란 소쿠리 두 개를 붙여 창호지를 켜켜이 붙여 단단하게 고정 시켜서 만들었는데 요즘에는 행사용품으로 시판되어지니 함께 모여 만드는 재미는 없어졌지만 참으로 편리한 세상이다. 박 터트리기는 일

콩새의 아세로라

비 오는 날, 악보를 마주한다

종의 성공적인 행사를 기원하는 퍼포먼스로 일제강점기의 문화통치 때 행하던 학교 체육대회에서 비롯되었다고 한다 .

우리나라에는 '박 터트리기'가 있다면 서양에는 '피냐타 터트리기'가 있다. 과자나 장난감 등을 넣어 만든 종이 인형으로 피냐타는 박 터트리기와는 다르게 한사람씩 차례대로 눈가리개를 쓰고 막대기를 휘둘러 천장에 매달려있는 종이로 된 커다란 인형을 깨부수면 박이 깨지고 그 안에 있던 여러 가지 과자나 초콜릿, 사탕 등이 떨어져 아이들이 달려가 사탕과 초콜릿을 주울 수 있다. 멕시코와 여러 중남미 국가의 어린이 축제, 생일, 크리스마스 파티 등에 사용되었다.

피냐타의 어원은 이탈리아어의 피나타^{pignatta}라고 하며 피냐타는 흔히 주방에서 쓰는 냄비로 주인이 하인에게 고맙다는 의미로 냄비에 과일 등을 담아 선물하던 관습에서 시작되었다.

피냐타의 기원은 의외로 중국이라는 설도 있다. 중국에서는 연초에 곡식의 씨앗으로 가득 채워서 소처럼 생긴 한지로 만든 인형을 논밭에 씨를 널리 뿌리기 위해 나뭇가지로 쳐서 깨트리는 광경을 '마르코폴로'가 이러한 광경을 보고 이탈리아로 전파했다고 한다. 그 후에 스페인으로 이어지고 멕시코는 스페인 식민지 시대 때 전파되었으며, 마야 문명시대에는 마야인들이 줄에 초콜릿이 든 진흙 항아리를 올려놓고 눈을 가린 채, 항아리를 깨는 놀이가 있었

콩새의 아세로라

다. 이것을 이용하여 피냐타의 종교적 의미와 접목을 시켜 기독교 전파에 이용하였다는 설도 있다.

피냐타 터트리기 놀이에서 눈을 가린다는 것은 보지 않고도 믿는 종교적 신념으로 요즘은 이런 종교적인 의미보다는 친구나 가족 간에 즐기는 오락의 한 종류라고 볼 수 있다.

새해에는 무엇보다 건강한 몸과 마음으로 이러한 사소한 놀이를 통해 가족 간의 추억을 쌓을 수 있고, 피냐타 놀이처럼 누군가에게 선한 영향력을 행사하는 사람이 되어 세상을 즐기며 살 수 있기를 기원해본다.

베갯모

시골집에 갔다가 오래된 장농 안에서 오랜 세월을 품고 신문에 돌돌 말려있는 베개를 찾아냈다. 베개의 양쪽 면을 베갯모라고 하는데 아름다운 천 조각들이 조합을 이루고 있다. 마치 색상이 다양한 서양의 퀼트와 비슷하다. 이 베갯모도 시간을 녹이면서 사라질 것이다.

드르륵 드르륵 드르르륵~~~

여름 날, 학교에 다녀오면 대청마루에서 음률에 맞추듯 재봉질하는 소리가 났었다. 대청마루에는 까만 철재다리를 가진 페매는 천을 조작하는 나무 몸통으로 된 판 위에 SINGER라고 씌어있는 재봉틀이 놓여 있었다. 재봉틀 테이블 아래쪽에는 커다란 구멍이 나

콩새의 아세로라

있었는데 그 구멍 안에 손을 넣어 재봉틀을 자유자재로 조작할 수 있었다. 어린 시절 나에게 그곳은 금고였다. 아무도 모르는 곳이라 생각되어 용돈이 생기면 그 속에 감춰 두곤 했는데 자꾸 없어졌었다. 너무 오래된 일이라 기억이 나지 않지만 누군가 그곳에 감춰두는 줄 알고 꺼내갔을 것이다.

재봉틀 머리는 손으로 돌리는 돌림바퀴와 연결된 구동 장치가 있고 바늘대와 북, 노루발, 실채기와 천을 보내는 장치로 되어있다.

돌림바퀴가 돌면 바늘이 꽂힌 바늘대가 위아래로 움직이며 춤을 춘다.

노루발을 내려주면 바늘에 꿴 윗실은 실패꽂이에서 풀리고 북통 쪽으로 바늘이 자동으로 내려가게 되어 있다.

북은 윗실을 걸고 돌아 실톳에서 풀려 나온 밑실과 얽히고 바늘은 밑실을 끌고 올라가면서 박음질이 되었다.

어머니께서는 농번기에는 너무 바쁘기 때문에 재봉질 할 틈이 없었고, 한가한 여름날엔 재봉질을 하셨다. 지금은 골동품으로 황학동풍물시장이나 가야 볼 수 있는 재봉틀은 어머니가 돌아가시고 집 안에 재봉틀이 사라졌다. 어쩌다 빈티지스럽게 꾸며진 커피숍을 가면 재봉틀 테이블이 놓여 있는 것을 볼 수 있다.

기술의 발달로 재봉틀은 기능이 향상되었고 자동화된 컴퓨터를 이용해 수백 가지의 바느질기법을 선택할 수 있게 되어 재봉틀은 그 기능을 거의 상실하게 되었고 지금은 취미활동을 위해 구입하거나 재봉틀은 아름다운 진열장 위의 엔틱스러운 장식품이 되었다.

재봉틀의 발판을 누르며 마법처럼 곱고 예쁜 것들을 만들어 내시던 어머니, 어머니께서는 재봉바늘에 실을 꿰어 천을 밀어 넣고 꿰매어 생활용품을 만들기에 분주했었다. 베갯모를 만드는데 네모, 세모 모양과 동그란 모양의 여러 가지 조각의 천을 덧대어 단단하게 만들어 내고 테두리를 파이핑해 놓았다. 할아버지 두루마기는 물론이고 한복치마, 저고리, 바지, 배자, 조끼, 마고자, 적삼, 속곳까지 못 만드는 것이 없었다. 베갯모와 만다라 모양의 찻잔 받침도 만들고, 밥상포도 만들고, 자신의 옷과 내 옷도 만들어주었다. 어렸지만 손으로 이리 저리 돌려가며 정성스레 천 조각들을 누벼주면 단아한 한국적인 아름다움을 느낄 수 있었다.

베갯모 하나에도 평면과 입체감이 공존하고 있었다. 평면적인

콩새의 아세로라

옷감에 부피감과 입체감을 주려고 솜을 넣어주거나 무늬를 넣어 고유의 멋을 표현할 수 있었다.

정성이 스며있는 전통을 살려 활용할 줄 알았던 어머니의 멋스러운 손의 맛!

나는 어머니의 무릎 위에서 어릴 때부터 천으로 무엇인가를 만드는 것을 좋아했었다. 그 당시 내가 조금만 더 컸더라면 이런 바느질 기법을 전수받아 바느질계의 대가가 되어, 전통적인 멋을 살리는 상품 개발로 세계적인 브랜드를 만들었을 것 같다. 꿰맴과 누빔을 실타래 엮듯이 엮어 전통의 우리 옷을 지어 세계화와 대중화를 선도적으로 이끄는 세계적인 의상디자이너가 되었지 않았을까?

상상이지만 즐겁다.

수밀도

새색시 볼처럼 발그레한 복숭아의 참맛,

한입 베어 물면 그윽한 향기가 입 속 가득히 단물이 돌고 배시시 미소가 피어난다.

역사 속에서의 詩를 보면 이런 복숭아를 '수밀도水蜜桃'라고 표현하고 있다. 아름다운 여인의 가슴을 표현할 때 쓰는 단어다.

복숭아 중에서 수밀도는 살과 물이 많고 단맛이 나는 복숭아를 의미한다.

어린 시절 복숭아는 맛있는 과일이라는 생각을 못했었다.

유년시절 아주 지독한 '복숭아 알레르기'가 있었다. 복숭아의 껍질에 붙어있는 촘촘한 털에 아주 민감했다. 만지는 것은 말 할 것도 없고 바라만 보아도 온몸에 두드러기가 피어났다.

외부 자극에 대해 정상과 다르게 변화되어 반응을 일으키는 두

콩새의 아세로라

드러기, 나는 두드러기의 친구였다. 그 시절 시골에는 병원이 흔하지 않았기에 민간요법으로 치료했었다. 신기하게도 그 이후로 복숭아로 인한 두드러기 증상이 조금씩 나아졌으나 다시 '스웨터 알레르기'가 생겼다. 털실로 만들어진 옷만 입으면 두드러기가 생겨났다. 이런 두드러기들과 사투를 벌이면서 나는 성장하였다.

성인이 된 이후로 몸도 커지고 마음도 튼튼해지니 두드러기로 인한 고생은 하지 않는다.

오십이 넘으니 그날그날의 컨디션에 따라 고등어를 섭취하면 약간의 알러지 반응이 오긴 하지만 참을 만하다.

가끔 보건소에서 교직원들 대상으로 '아토피 피부염과 알레르기 질환'에 대해 교육을 해준다. 알아두면 대처능력이 생기기에 교육에 참여하여 듣고 있다.

어릴 때 알레르기와 사투를 벌였던 나는 지금도 알레르기 및 아토피를 앓고 있는 어린 아이들을 보면 참으로 안타깝다. 곱디고운 형상을 하고 있는 맛있는 복숭아를 눈앞에 두고도 못 먹었던 그 시절의 기억이 애잔하게 밀려온다.

올 여름에는 하루에 10개씩 들어 있는 복숭아를 한 상자씩 먹었다. 눈 녹듯이 복숭아가 입안에서 사르르 녹아내려 위장을 통과한다. 운동 후 먹는 복숭아는 꿀맛이었다. 이 맛이 수밀도를 상징하는 맛 표현이었을까?

봄의 약속

컴퓨터 모니터를 켜고 추경예산을 짜는데 눈이 충혈되고, 시리고, 아파서 눈을 뜰 수가 없다. 눈꺼풀이 덮일 때마다 통증이 있어 눈 깜빡이는 것이 여간 어려운 것이 아니다. 눈을 비벼보고 인공눈물을 넣어보고 별의 별짓을 다해 보아도 찢어질듯 아픈 증상이 가라앉지 않는다. 이럴 때 필요 한 곳이 안과인 것 같다. 책상위에 할 일들을 그대로 두고서 근처에 위치한 안과를 향해 달려간다. 친절한 간호사님은 어디가 불편해서 왔느냐고 물어본다.

간호사에게 아픈 증상을 말해주니 "의사 선생님을 만나기 전에 기본 테스트부터 할게요." 라고 하며 시력테스트, 안압테스트, 홍채검사 등을 한다.

앞서 기다리는 환자들의 진료가 끝나고 내 차례가 되어 의사 선

콩새의 아세로라

생님과 마주 앉았다. 선생님은 실험 도구 같은 곳에 얼굴을 올려놓으라고 하며 사진을 찍는다.

"무슨 일을 하십니까? 무슨 일을 주로 하십니까?" 등등의 질문을 한다. "네, 모니터를 하루에 5시간 정도 보면서 일해요. 눈이 시리고, 눈 뜨기도 어렵고, 지금 눈이 찢어질 것처럼 아파요……."

의사선생님은 차분한 목소리로 "그렇지 않아도 눈 표면이 찢어져 있습니다. 이 사진을 보세요!" 라며 사진을 보여 준다. 눈 표면이 찢어져 있다는 사진을 살펴봐도 난 알 수가 없다.

"눈 영양제는 드십니까?"

"네, 토*콤, 루*인1000."

"대체로 영양제를 복용하는 것은 효과가 없을 걸요? 그래도 워낙 선전을 많이 하니까……. 오늘 처방약 일주일분과 인공눈물 처방해 줄 테니 일주일 후에 다시 나오세요. 좋아질 겁니다."

간호사는 눈을 감고 적외선 나오는 곳에 앉으라고 한다. 적외선 램프가 꺼지니 처방전이 나왔다며 계산대로 가라고 한다. 계산하고 처방약을 들고 나오면서 그때서야 엘리베이터 앞에 쓰여 있는 안과병원의 상호를 읽었다. '봄의 약속'이라고 써 있다.

눈이 시려서 병원 이름도 보지 않고 안과만 찾아 들어왔던 것이다. 봄? 안과의 상호가 봄^{Spring}이라고? 맞나? 하면서 약국으로 향했다. 의사선생님께 눈 건강을 위해서 영양제를 뭘 먹어야 하는 것이 좋은지 물어보지 않은 것이 아쉬워서 약을 구입하고 다시 병원을 다시 올려다보았다. 입간판이 눈에 들어온다.

'봄의 약속' 이제야 병원 이름의 뜻을 이해하게 되었다. 보다. 영어로 See. 볼 수 있게 약속해준다는 의미, 어느덧 나는 눈이 다 나아버린 것 같았다.

단어를 골라서 쓴다는 것이 이렇게 중요하다는 것을 다시 깨닫는 순간이다.

우리가 흔히 찾는 별다방은 여러 가지 단어로 불린다. 우리나라에서는 스벅, 외국인들은 다른 커피숍보다 4달러 비싼 커피 값을 비유해서 포벅스 four bucks 라고 부른다고 한다.

하나의 단어는 그 나라의 문화를 반영한다. 같은 사물을 바라봐도 그 나라의 문화에 따라 전혀 다른 의미로 받아들여진다. 그 만큼 그 나라의 문화를 이해하지 않고서는 그 나라의 단어를 정확히 이해하기 힘들다고 할 수 있다.

우리나라처럼 같은 단어에 여러 가지 의미를 내포하는 문자들을 외국인이 이해하기는 어지간한 어학실력으로는 힘든 구조라고 할 수 있다. 단어의 바탕이 되는 문화적 의미를 알아야 단어의 정확한 의미를 이해할 수 있다.

~~보다 더. 보다의 봄. 명사 봄. 장음. 단음의 구별 등. 살면 살수록 더 알아야 할 것들이 참으로 많다.

비 오는 날 악보를 마주한다

아침 운동을 가기 위해 지하 주차장에서 날렵하게 운전하여 빠져나와 보니 비가 온다. 새벽부터 낙엽을 톡톡톡 두드리며 비가 내리는걸 보니 봄이 오나 보다. 봄이 되면 집근처의 가로수 길을 산책하는 것을 좋아한다. 집에서 나오자마자 도로 양쪽으로 가로수가 길게 쭉 뻗어 있어서 사계절 내내 한 폭의 그림처럼 걷는 사람 또는 운전하는 사람 모두에게 기쁨을 준다.

나는 봄과 가을에 펼쳐지는 가로수 길 나무들의 나이 듦의 향연을 보면서 한 살 한 살 익어가는 인생을 느끼며 걷는 이 길을 좋아한다.

기분 좋게 주 ~ 욱 뻗어있는 가로수 길을 글로 표현할 수 있으면

9. 빗방울

박지영 작사
박지영 작곡

한 방울 똑 똑똑 두 방울 뚝 뚝뚝

내 얼 굴 을 톡 톡 치 는 빗 방 울

좋겠다는 생각을 해본다. 악보를 보면 눈으로 음악을 볼 수 있는 것처럼 글을 읽으면 머릿속으로 그 길을 상상하며 눈으로 보여 지는 것 같은 느낌이면 좋겠다.

출근길에 카톡으로 후배는 자기가 만든 노래라고 하면서 여러 곡의 동요를 악보와 피아노 반주를 보내온다. 비 오는 날 운전하면서 듣는 동요는 색다르게 느껴진다. 노랫말과 어울리는 악보의 속삭임이 드라이브하는 내내 기분이 좋아진다.

악보는 음악을 눈으로 볼 수 있도록 만든 것이다. 음표의 종류에 따라서 음의 길이를 정할 수 있고, 쉼표가 있어서 한 박자 또는 두 박자를 쉴 수도 있고, 2분 음표인지 4분 음표인지에 따라서 2박자가 되기도 하고 1박자가 되기도 한다.

조선시대의 세종대왕께서는 '장간보'라는 악보법을 만들어 궁중 음악을 정리해 놓았다고 한다. 세종대왕은 한글만 창제한 것이 아니라 음악을 기록하여 악보법까지 만들어서 후세에 길이 남기셨다. 악보가 없는 세계 여러 나라들도 많은데 악보를 가진 나라를 만드셨으니 이 또한 위대한 일이다. 악보법이 있다는 것 자체만으로도 우리나라는 음악이 있는 나라, '흥'이 있는 나라, 예술이 있는 나라, 멋이 있는 나라였다.

음악과 멋이 살아 숨 쉬는 나라, 대한민국! 봄이 오는 길목에서 빗방울 소리와 함께 음악을 눈으로 보고 느끼며 기분 좋아지는 날이다.

사랑이 어떻게 변할 수 있니?

도홍찬 심리학자의 말에 의하면 '물은 1 기압인 경우, 항상 섭씨 0도에서 언다'고 한다.

기압의 변화에 의해서 높은 산에서 어는 물의 온도와 끓는 온도는 다르다고 한다. 절대적인 자연의 법칙인 물의 빙점도 기압에 의해 영향을 받듯이, 사람의 마음도 상황의 압력에 따라 바뀔 수 있다는 것이다.

"사랑이 어떻게 변할 수 있어?" 라고 한다면 사람 마음의 본질을 모르고 하는 말이다.

사람의 마음은 뇌의 활동인데 정학히 뇌세포인 뉴런의 활동이다. 뉴런은 물질이며 환경에 따라 바뀔 수 있다.

물은 1기압이라는 조건하에서는 항상 빙점이 0도가 되듯이 사람의 마음도 환경이 일정하다면 조석으로 바뀔 수가 없다. 그러나 외부 환경이 바뀌고, 압력이 달라지면 물의 온도가 달라지듯이 마음도 바뀐다. 예외적인 사람도 있겠지만 외부 환경이 바뀌면 마음도 바뀌는 것은 자연의 법칙이다.

인상 깊게 보았던 한국영화 중에 영화 〈봄 날〉에서 남자 주인공이 멀어져가는 여자 친구 등에 대고 하는 대사가 아직도 생생하게 울림으로 남아있다. 허무하게 허공에 대고 하는 것처럼 느껴졌던 "사랑이 어떻게 변할 수가 있니?" 여자 친구의 표정은 이미 싸늘함이 배어 있었다. 남자주인공은 자신에게 관심을 보이지 않는 것에 대한 서운함에서 하는 말 같다. 남자친구의 뒷모습이 쓸쓸하게 보인다.

가끔 부모님들과 소통하기 위해 '원장님 알림방'을 운영하면서 매일은 아니지만 그래도 자주 쓰려고 노력한다. 그러나 누군가 읽어 주지 않으면 서운하다. 글을 쓰기 위해 나는 그 만큼 관심을 갖고 집중하며, 부모님들과 소통하기 위해 쓰는 것이기에 좋아요~를 눌렀거나, 댓글을 달거나, 열어 본 조회 수가 늘어 갈수록 내 입 꼬리는 승천하며 내일은 무엇을 쓸까 고민하게 된다.

사람의 마음을 얻는 다는 것은 어려운 일이다. 나에게 원래부터 관심이 없어서 내 마음 몰라주는 것은 아니라고 한다.

　사람의 마음은 뇌의 활동이어서 환경이 바뀌면, 마음도 바뀌는 것, 눈에서 멀어지면 마음에서도 당연히 멀어진다는 것, '사랑이 왜 변할 수가 있니?' 라고 의아해하지 말자. 사랑은 변하는 것이다.

　　　　콩새의 아세로라

사회적 거리두기(Social Distancing)

얼마 전 박사논문을 쓰려고 여기 저기 자문을 구하던 중에 대학 교수로 재직 중인 친구에게 조언을 구하고자 찾아갔다.

내가 이런 논문을 쓰는 중이라며 초안을 보여줬더니 대뜸

친구의 반응은 "얘! 남들이 다 연구해놓은 것을 왜 쓰려고 하니?" 하면서 이미 남들에게 연구되어진 것은 쓰지 말고 '심리적 거리'나 '사회적 거리'에 관해서 찾아보고 연구해보라며 아주 퉁명스럽게 쏘아붙인다. 자존심이 상해서 눈물이 핑~돈다.

'나쁜 년, 좀 친절하게 말해주면 어디 덧나냐?'

서운한 마음이 한동안 가셔지지가 않았다.

사회적 거리, 심리적 거리가 생소했던 나는 친구의 말을 듣지 않

고 내가 쓰고자 하는 논문을 끌어안고 긴 집필시간을 보냈다.

지금에 와서 선견지명을 가진 그 친구의 말에 귀 기울일 걸 하는 생각이 드는 것은 늦은 후회를 하는 인간의 본능일 것이다.

오늘 뉴스에 미국은 워싱턴 주, 켈리포니아 주에서 코로나19가 확산되자 질병통제예방센터에서 '사회적 거리두기'를 시작하여 단체 모임 등을 자제하고, 종교단체, 기업체, 방송국 등은 행사를 취소하고 가급적 대면 접촉을 자제하도록 권고하고 있다고 한다.

사회적 거리두기의 목적은 이동을 줄여서 감염자와 감염되지 않은 사람과의 접촉 가능성을 줄이자는데 있다. 사회적 거리두기는 1928년 미국에서 처음 실행한 방법으로 오래 전부터 전염성 질환을 막기 위해 사용하였다고 한다. 백신개발이 되지 않은 상태에서 골든타임을 놓치면 감염 확산을 막기 어렵기 때문에 사람과 사람 간의 감염을 막기 위한 최선의 선택방법 중의 하나라고 할 수 있다.

인간이 필요로 하는 개인적, 문화적 공간의 정도와 인간이 주변 공간에 대해 가지는 관계 등을 연구하는 학문을 에드워드 홀의 근접학近接學이라고 한다. 이 연구에 의하면 사람은 대략 45cm까지를 친밀한 거리로 상대방의 숨결이 느껴지는 거리, 45~120cm를 개인적 거리로 팔을 뻗어 닿을 거리, 120~300cm를 사회적 거리, 즉 보통의 목소리로 말할 때 알아들을 수 있는 거리, 그리고 300cm 이상을 공공의 거리, 즉 큰소리로 이야기를 해야 알아듣는 거리로 인식한다고 한다.

여기서 사회적 거리란 심리적 거리의 차원 중의 하나로, 대상과 자신이 떨어져 있는 정도에 대한 주관적인 인식으로 정의한다 (Trope et al., 2007). 따라서 사회적 거리를 두고자 하는 최종 목적은 사람들의 취약성 지각을 높이고자 하는 것이지만 궁극적으로는 위험에 대해 인식하고, 예방행동을 증가시키고자 하는 것이다.

인간은 대부분 자기긍정성편향self-positivity bias을 갖고 있어서 일반적으로 어떤 질병에 대해 발병률이 높거나 사망률이 높게 나와도 나에게는 그런 위험이 오지 않을 것이라고 믿는 경향을 지니고 있어서 사회적 상황에 더디게 반응하게 된다.

사회적 거리두기가 중요해지자 어린이집 풍속도가 달라지고 있다. 어린이집은 휴원을 하게 되었고, 영·유아는 긴급보육을 필요

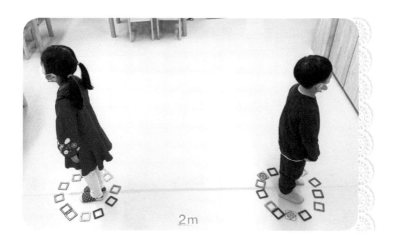

로 하는 가정에서만 어린이집에 등원 할 수 있고, 교직원은 정상출근을 하되 단축근무가 가능하고, 보조교사 누리보조교사 등은 갑자기 자기 분야의 할 일을 찾지 못하고, 매일 달라지는 업무지침들에 어린이집 원장은 현장상황에 따라 늘 당황하고 현기증이 난다. 또한 해답을 찾지 못해 발을 동동거릴 수밖에 없다.

모든 교직원은 정상 출근으로 현관에서 열 체크를 하고, 마스크를 쓰고서 각자의 업무를 보고 있지만, 텅 빈 보육실을 보면 어린이집 원장은 마음이 무겁고 찜찜하다. 어린이집은 재잘거리는 영·유아의 활기찬 목소리에 기운을 얻고 힘을 내어 일할 수 있는 곳이다. 사회적 거리두기의 외부인 어린이집 출입금지와 함께 영·유아가 없는 어린이집의 고요함은 위기 그 자체다.

오늘 또 2주 동안 어린이집 휴원이 연장된다고 발표가 났다. 위기상황에 대처하는 방법 중에 사회적 거리두기만이 해답이 된 지금 이 상황에 절박함을 느끼게 된다.

참고문헌

1. Trope, Y., & Liberman, N. (2010). Construal-level theory of psychological distance. Psychological Review, 117(2), 440.

삶의 목적과 이유

오전 중에 육아휴직 중인 교사가 방문하기로 한 날이다. 육아 휴직이 끝나면 계속 근무를 할 수 있을 것이라 생각했는데 아이를 돌봐 줄 분이 없어서 집에서 육아를 해야 한다면서 사직서를 제출하기 위해 온다는 것이었다.

오전 10시가 넘어서자 유모차가 현관에 들어온다. 출산휴가 중인 교사와 육아휴직중인 교사가 혹(?) 한 개씩을 유모차에 싣고 들어온다. 출산휴가 중인 교사가 차가 없는 육아휴직 중에 있는 교사를 위해 일부러 함께 만나서 같이 찾아 온 것이다. 참으로 생각이 기특하고 배려심이 기특하다. 원장선생님이 좋아하는 아메리카노 한 잔과 교직원들을 위해 간식거리를 들고 왔다. 유모차 안의 아가

들이 참으로 예쁘게 생겼다. 꼬물꼬물~~~~ 4개월, 12개월……. 마치 인형 같다.

한 시간 동안 앉아서 그동안 아기 낳고 사는 이야기보따리를 풀어놓고 돌아간다. 퇴근 무렵이 되자 다음과 같은 문자가 들어온다.

"원장님! 그동안 너무 감사했어요.
일했던 어린이집 중에, 지금까지 만나왔던 원장님 중에,
제일 많은걸 배울 수 있던 곳이었고,
배울 점이 많은 분이셨던 것 같아요!
아직 배울게 많고 부족한 것이 많은 저인데,
더 배우지 못해서 아쉬움이 많이 남아요.
내년에 보조교사 뽑는다면 그곳에 제가 꼭 가고 싶어요.
이렇게 퇴사를 하지만 시간되면 자주 놀러가고 싶어요.
물론 아기와 함께요..^^
좋은 곳에서 일할 수 있도록, 좋은 선생님들을 만날 수 있게
저를 뽑아 주셨던 것, 정말 너무 감사드려요.
따랑해여"

빈말이어도 참으로 기분 좋은 내용이었다. 생각해보니 해준 것이 없는데 퇴사하는 직원에게 이런 인사를 들을 수 있어서 다행이라고 생각했다. 그동안 열심히 사는 것이 내 삶의 목적이고 이유였다면

앞으로의 내 삶의 목적과 이유는 무엇일까 생각해 본다.

앞으로 나의 삶의 목적과 이유가 수정될 수 있겠다. 걷던 발걸음을 멈춰 잠시 지난 시간들을 돌아보는 것은 그동안의 삶을 귀감으로 삼기 위해서라고 한다. 좀 더 나은 단계로 나아가기 위해 오늘을 기반으로 다시 한 번 나를 돌아본다.

"내가 다른 사람을 사랑했건만 그가 나를 친하게 생각하지 않는다면, 자신의 어진 마음씨가 모자랐던 것은 아닌지 반성하라.

내가 다른 사람을 다스렸건만 제대로 다스려지지 않았다면, 자신의 지혜가 모자랐던 것은 아닌지 반성하라.

내가 다른 사람에게 예를 다했는데도 그가 예로써 답하지 않았다면, 자신이 공경을 다하지 못한 것은 아닌지 반성하라.

행하고서도 기대했던 결과를 얻지 못하게 되면, 항상 그 원인을 자기 자신에게서 찾아야 한다.

자기의 몸가짐이 올바르면, 천하의 사람들이 모두 나에게로 돌아온다."

라고 맹자는 말했다.

오늘은 맹자의 말씀을 되 뇌이며 앞으로 남은 삶의 목적과 이유를 생각하며 미소 지어 본다.

삶의 행동패턴

한가하게 〈어쩌다 어른〉이라는 tv프로그램을 시청했다. 인간의 행동에는 패턴이 있다는 '인간의 행동패턴'에 대한 내용이었다. 우리의 행동에 패턴이 있었다는 것에 놀라웠다. 그러고 보니 나의 행동에는 항상 패턴이 있었다. 내가 점심을 사면 친구는 차를 사거나 간식을 샀고, 더치페이는 아니어도 서로 빚을 지지 않으려는 자세에서 나오는 행동패턴이다.

회색계열의 옷을 입으면 가방도 회색계열로 들려고 한다. 기름진 음식을 하루 먹으면 다음날은 김치찌개나 보리밥이 먹고 싶어진다. 카톡을 보내고 나면 답장을 기다리게 된다. 파란색 알파카 코트를 사면 하얀색 융 머플러가 사고 싶어진다.

콩새의 아세로라

집에서 기르는 강아지들도 이런 사람의 행동패턴을 읽어낸다. 간식이 먹고 싶어지면 강아지들도 불쌍한 표정으로 애교부리며 낑낑거리면 주인은 거침없이 간식거리를 내어주는 것을 알게 된다.

사람은 어떤 일을 하기 위해서 먼저 인식을 하게 되는데 사물에 대한 인식과 감성에 대한 인식을 한다. 인간의 행동 단계는 의식적이든 무의식적이든 뇌 안의 전두엽을 통해 끊임없이 반복하며 패턴을 통해 결정을 하게 된다.

사회생활을 하다보면 모임에서 식사를 하게 된다. 가끔씩 어눌한 방법으로 젓가락질을 하는 분들을 보게 된다. 그분들의 이야기를 들어보면 자기 부모님도 같은 방법을 사용한다고 한다. 사람의 행동패턴은 가까이에 있는 사람들의 모습을 쉽게 따라간다.

인간관계의 모든 문제는 가정환경에서 비롯된다라는 말은 부모가 되었을 때는 왠지 부당하다고 생각되었지만 이제는 이해가 되는 부분이다. 가장 많은 시간을 보내는 가족과의 식사시간에 젓가락 사용에 관한 행동 패턴을 배우게 된다는 것이다.

요즘은 더욱 젓가락 사용을 제대로 하는 분들을 만나는 것이 쉽지는 않다. '젓가락질이 왜 중요할까?' 우리가 자랄 때는 무조건 젓가락질을 잘해야 한다고 배웠다.

식사 때마다 부모님께 젓가락질을 교정 받으며, 잘못된 습관을 교정받기 위해 손등을 부모님의 젓가락이 패대기치는 것을 용서할

수밖에 없었다. 요즘 흔히 말하는 '밥상머리 교육'이었던 것이다. 요즘 젊은 부모들은 젓가락 대신 포크 사용을 권하기에 젓가락 사용 문화에 대해 강압적이지 않다. 인간의 뇌는 소근육과 대근육을 자유자재로 활용하면서 발전한다고 한다. 소근육의 움직임으로 하는 젓가락질은 뇌를 깨워 집중력까지 좋아지게 한다. 아이들이 똑똑하고 멋지게 젓가락질을 할 수 있도록 도움을 줘야한다.

젓가락의 유용성에 대해 이야기해준다면 아이들은 이런 이야기를 통해 젓가락에 대한 호기심을 느끼고, 친근감을 갖게 될 것이다.

우리나라는 숟가락과 젓가락을 이용해서 음식을 먹는 나라이기에 식사예절이 아주 중요하다. 포크를 사용하는 서양테이블매너에서도 어른이 먼저 들기 전이나 배식하기 전에 먼저 들지 않는다는 것을 가르친다.

식사예절 중 젓가락질은 아주 중요한 예절이다. 우리나라 초등학생 중 젓가락질을 제대로 하는 아이가 10명 중 2명밖에 안 된다고 한다.

모 초등학교 교장선생님은 학생들에게 콩을 집어 올리는 '올바른 젓가락 사용시험'에 합격하면 인증서를 준다고 한다.

아이가 올바른 젓가락질을 할 수 있도록 반드시 가르쳐주자. 우리의 전통 예절 중 밥상머리교육의 으뜸인 젓가락 사용의 행동패턴에 대해 이야기 하자니 이런저런 할 말이 많아졌다.

3

아리야

"아리야~

밥 먹기 싫어!

난 야채가 정말 싫단 말이야!!!

색종이 꽃 팽이

아이들과 하는 놀이 중에 가장 재미있는 전래놀이가 무엇일까?

요즘처럼 장남감이 흔한 세상에서 전래놀이의 기구들을 이용하여 놀이를 한다면 어른들은 시큰둥하겠지만 아이들에게는 색다른 놀이의 시작이다.

전래놀이 중에 팽이를 이용하여 하는 '팽이 돌리기' 게임이 있다. 또한 팽이의 종류는 다양하다.

통나무를 깎아서 뾰족하게 만들어 아랫부분에 구슬을 달아주어 채를 이용하여 돌리는 전통 팽이가 있고, 팽이에 줄을 감아 돌리는 줄 팽이도 있다. 요즘에는 플라스틱으로 만들어진 번쩍번쩍 불도 나오고, 요란한 소리가 나오는 특이한 팽이들도 있다. 전통 팽이는 손가락의 기교를 통해서 돌리는 놀이다. 한손만 이용하기도 하고 양손을 이용하기도 한다.

누가 가장 오래 돌리는가를 정하는 게임으로 혼자 돌리기도 하고, 팽이의 돌리는 속도가 끊이지 않게 친구들과 순번을 정하여 하는 릴레이 게임도 있다.

문구점에서 배달 온 양면 색종이를 정리하다가 아이들과 팽이를 접어보기로 하였다.

색종이 세장이면 멋진 '색종이 꽃 팽이'가 만들어진다. 이리저리 접어가면서 끼워가면서 한참을 색종이 석장과 씨름을 하고 나니 멋진 꽃 팽이가 만들어진다. 색종이가 미끈하게 잘 만들어지지는 않지만 여러 번 접어보면 구겨지지 않고 잘 만들 수 있을 것 같다.

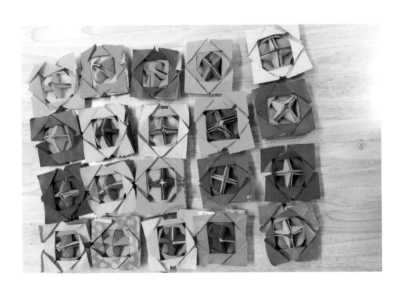

콩새의 아세로라

6세 아이들에게 색종이 세장씩을 나누어 주고 '색종이 꽃 팽이' 만드는 방법을 가르쳐주었다. 아이들에게 '색종이 꽃 팽이' 접기는 녹록하지는 않다. 그래도 꼬물거리는 손가락으로 다림질을 해가면서 열심히 색종이 접기를 한다. 한참이 지나니 완성했다면서 형형색색의 꽃 팽이를 가지고 온다.

제법 잘 만들었다.

색종이 팽이를 가지고 노는 방법을 알려주니 재미있어 한다. 승부욕이 있는 남자아이들이 더 좋아하는 것 같다. "내일 또 만들어서 게임해요!"

오랜만에 종이접기를 해보니 손이 굳어서 잘 접어지지 않는다. 나이가 들면 모든 기능들이 어눌하고 기교도 떨어진다.

두뇌의 신경세포들의 작용이 느려지지 않도록 계속 종이접기를 멈추지 말아야겠다는 생각을 해본다.

아리야~

"아리야~

밥 먹기 싫어!

난 야채가 정말 싫단 말이야!!!

아리는 고민이 많다.

자기가 모시는 어린이 손님이 밥이 먹기 싫다고 한다.

"네, 주인님 알겠습니다.!"

대답은 했지만 고민이 이만저만이 아니다.

"이럴 땐 어떻게 하지……?"

"아하~~ 어린이집이 있었지!"

콩새의 아세로라

억지로 밥을 먹어야 하는 영유아에게 채소 반찬들이 눈에 들어올 리가 없다. 어른들은 몸에 좋은 채소라고 하지만 영유아에게는 세상에 둘도 없는 악당들이다. 올바른 식생활에 대한 신념에 따라 영유아의 양육행동은 달라진다. 몸에 좋은 다양한 식품에 노출시켜주게 되면 영양상태에 긍정적인 영향을 줄 수 있다.

어린이집에서는 밥을 먹기 싫어하는 영유아들을 위한 식습관 개선을 위해 효과적이면서도 성장발육에 필요한 영양소를 골고루 섭취하는 영양 있는 식단관리에 주력하고 있다.

원장선생님은 영양 있고 건강한 식단 개발을 위해 매월 식단을 감수하고, 로컬푸드 산지 등을 탐방하여 바른 먹거리, 건강한 식품의 지킴이 역할을 위해 충실하고자 한다.

조리사는 영유아에게 맞는 조리방법을 개발하여 모양도 좋고, 맛도 좋아 영유아에게 음식에 대한 호기심을 일으킬 수 있도록 세심하게 배려한다.

또한 학부모는 신체의 성장발육과 성인 건강기초의 발판이 되는 올바른 식습관 형성을 위한 어린이급식관리지원센터를 통해 '어린이집 부모교육'에 참여하며, 부모의 올바른 식습관의 '가치관 형성'에 도움을 받는다.

영유아들은 매주 안전교육과 함께 놀이 속에서 우리가 섭취하는 음식은 우리 몸에 어떤 영향을 주는지 또 음식을 잘 먹어야 건강하

아리야

고 튼튼하게 해준다는 것도 알게 된다.

　교직원은 영유아의 식사시간에 영양적으로 균형 잡힌 식사를 하게 하고, 밥을 먹는다는 것은 즐겁고 재미난 활동으로 여기며 먹을 수 있도록 영유아가 편안하게 점심식사를 하도록 기다려 주면서 지도한다.

　또한 매월 주제에 맞는 요리활동으로 예를 들면, '우리 동네'가 주제라면 우리동네 빵집에서 만드는 피자 만들기, '전통음식'이 주제라면 쌀로 만든 원소병 만들기, '여름'이면 수박화채 만들기, '봄'이면 봄에 나오는 새싹 맛보기, 또한 밥 먹기 싫어하는 영유아에게는 음식에 대한 호기심을 가질 수 있도록 '개구리 샌드위치' 등의 캐릭터 형태의 요리를 지도한다.

　영유아기는 좋아하는 음식과 싫어하는 음식에 대한 기호가 뚜렷

콩새의 아세로라

하여 어린이집에 다니는 영유아기는 또래 집단과의 식습관에 매우 큰 영향을 받는다. 그리하여 어린이집에서는 불규칙한 식생활은 음식에 대한 흥미와 관심을 잃게 된다는 것을 알고, 신선하고 다양한 종류의 음식을 제공하며 쾌적하고 즐거운 식사환경을 조성하려고 노력하게 된다. 영유아의 음식에 대한 흥미를 유도하는데 중점적인 목표를 두고 건강하고 바른 먹거리의 제공으로 어릴 때부터 '즐겁게 밥 먹는 습관'을 올바르게 길러줘야 한다는 어린이집의 보육철학 하에 보육교직원들은 항상 노력하고자 한다.

아이들은 자란다

젊은 날 초보 엄마 시절에 남자아이 둘을 키우면서 참으로 힘들다는 생각만 했었다. 두 아들이 빨리 커서 자기 손발로 모든 걸 해결해 주기를 늘 기도했다.

얌전하지도, 싹싹하지도, 살갑지도 않은 남자아이 둘,

얼마 전 큰 아들이 군 입대를 하였다. 6주간의 훈련소 생활을 마치고 강원도 철원으로 자대 배치를 받았다. 그곳은 혹독하게 춥다고 한다. 그 겨울의 눈보라를 맞으며 부대 내의 새하얀 눈을 쓸어내는 '이등병'이 되었다. 군 생활을 잘 하고 있는 것이 기특하다.

마냥 어린 애 같았는데 '군인아저씨'가 되었다. 제복 입은 아들을 바라보는 엄마는 아들이 훌륭하게 느껴지며 고슴도치 엄마가 된다.

콩새의 아세로라

엄마는 아들이 훌륭하다. 아이들은 그냥 놔두면 잘 자라는 것 같다.

이 순간 〈아이 엠 샘〉이라는 영화의 대사가 생각난다.

"좋은 부모란 한결 같아야 하며 기다릴 줄 알아야 하고 귀 기울일 줄 알아야 한다."

아리야

야뇨증

콘스턴스 브리스코의 ≪사랑받지 못한 어글리≫에 나오는 재미
있는 글이 있다.

그 주 금요일, 학교에서는 정기 미사가 있었다. 나는 하느님한테
부탁드릴 게 있었다.

"하느님. 제발, 제발 오줌을 싸지 않도록 해주세요.

하느님, 이건 제가 평소에 부탁드리는 문제들과는 달라요. 정말 제
게는 중대한 문제예요. 아주 많은 일들이 거기 달려 있거든요. 제 소
원을 들어주시고, 야뇨증을 고쳐주신다면 진심으로 감사드릴 거예
요. 아멘."

콩새의 아세로라

유년기에 한번쯤 오줌을 자주 싸는 바람에 키를 쓰고 옆집에 가서 소금을 얻어 온 적이 있을 것이다.

어린 시절을 회상해 보면, 오빠가 셋이여서 자주 이런 광경을 목격하였다.

우리 조상들은 키를 쓰고 왜 옆집에 가서 소금을 얻어오게 했을까? 그것은 키는 곡식을 까불러 돌이나 쭉정이 같은 것을 골라내는 도구다. 오줌싸개에게 키를 씌우는 것은 알곡만 골라내는 키처럼 좋은 곡식 많이 먹고, 무럭무럭 자라서 다시는 오줌을 싸지 말라는 뜻이라고 하였다.

소금은 부패를 막아주고 나쁜 기운을 몰아내는 힘이 있다고 믿는 물건이기에 아이가 소금의 기운을 받아 잘 자라기를 기원하는 의미에서 소금을 얻어오게 했으나 이웃 어른들은 키를 뒤집어 쓴

아리야

아이에게 막대기로 내려치기도 했다. 그것은 다시는 이불 위에 지도를 그리지 말라는 가르침이었다.

요즘 아이들에게는 있을 수 없는 일이다. 요즘 아이들은 어쩌면 아동학대로 신고할 수도 있다.

누구에게나 간절한 순간들이 있었을 것이다. 가끔씩 먹고 자고 싸고 일어나서 활동하는 것에 감사할 줄 모르고 너무도 당연한 일상사에 그냥 지나치기 쉽다. 살아 있는 지금의 모든 것이 감사할 일이며, 이 순간을 놓치지 말며 늘 감사한 마음으로 살고자 하여야 한다. 오늘 이 순간도 감사하고 살아있음에 감사하자.

콩새의 아세로라

호박이 열렸어요

올해는 상자 텃밭에 심은 식물들이 잘 자라지 않는다. 식물도 사랑을 듬뿍 주어야 잘 자라는데 아마도 바쁘다는 핑계로 잘 돌봐주지 않아서 시원찮은 모양이다.

출근길에 어린이집 상자 텃밭에 들러 식물들과 대화를 하는데 커다랗게 자란 호박이 눈에 들어온다. 그 자태가 아름답다. 낡고 오래된 누군가 버린 플라스틱 화분을 주워 호박 모종을 사다 가 심었는데 참 예쁘게 열려 있다.

마트에 가서 가장 손쉽게 구할 수 있고 만만한 요리 거리가 호박이다. 호박볶음부터 호박전, 호박조림, 호박찌개, 호박나물, 호박죽, 호박고지, 호박떡, 호박엿까지 음식에 무지한 내 머릿속에 떠

아리야

콩새의 아세로라

오르는 종류만 해도 열손가락을 꼽아도 모자랄 지경이다.

호박은 애호박, 늙은 호박 가릴 것 없이 씨앗마저도 버릴 게 없는 채소로 강된장에 호박볶음을 넣어 보리밥에 얹어 쓱쓱 비벼 먹고 싶다는 생각이 든다.

아침부터 지인과 호박잎 쌈 이야기를 나누고 나니 호박잎쌈이 먹고 싶어진다. 출근길에 화분에 열린 호박이 눈에 띄려고 그랬던 모양이다.

호박의 유래를 찾아보니 재미있다. 채소 중에 호과(胡瓜)라는 것이 있는데 색깔은 푸른빛에 생긴 모양은 둥글며, 익으면 색이 누렇게 바뀌는데 큰 것은 길이가 한 자쯤 되고, 잎은 박처럼 생겼고, 꽃은 누런데 맛은 약간 달콤하며, 옛날에는 우리나라에 없었지만 지금은 농가와 절에서 주로 심는데 열매가 많이 열리기 때문이라고 한다.

《성호사설》을 근거로 보면 18세기 중반 무렵에도 호박은 모든 사람들이 즐겨 먹는 채소는 아니었고 재배 지역 역시 전국적으로 확산되지 못했다고 한다. 초창기에는 가난한 농부나 절간의 승려들 이외에는 별로 관심도 기울이지 않고 재배도 하지 않던 호박은 19세기 중엽, 헌종과 철종 무렵이 되어서야 모든 사람들에게 사랑받는 채소가 되었다고 한다.

서양문화에서 보면 동화책 중에 《신데렐라》 이야기 속에 왕자님이 신데렐라를 데려다 준 것은 호박마차였다. 미국에서는 할로윈 축제기간에 길가나 집 앞에는 '잭오랜턴'Jack-O'-Lantern이라 불리는 호박 등을 설치한다. 커다란 호박의 꼭지는 뚜껑으로 만들어 속을 파낸 후 눈, 코, 입을 조각하여 마치 유령 얼굴처럼 보이게 만든다. 조각한 호박 안에 촛불을 꽂아 램프로 사용한다.

촛불을 켜놓은 호박 램프가 밤하늘을 떠도는 영혼의 악행으로부터 인간이 보호받는다고 생각한다는 유래에서 행해지는 의식과 같다.

유령이나 마녀 등으로 분장한 어린아이들이 잭오랜턴이 켜진 집에 들어가 과자나 사탕을 받아간다.

이 외에도 호박 이야기는 많이 전해지고 있다.

콩새의 아세로라

어린이집은 사랑이다

    스물셋에 시집을 갔던 큰 언니 덕분에 중학교 3학년이었던 나에게 사랑스런 여자 조카가 생겼다. 때로는 딸 같기도 하고, 때로는 마음이 아주 잘 통하는 절친 같기도 한 나보다 열여섯 살 어린 친정 조카다. 두어 살이 되면서부터 쭈쭈바를 좋아해서 '쭈쭈바 소녀'로 불렀고 쭈쭈바를 사주면 춤을 추곤 했던 아이, 너무 귀여워서 힘든 줄도 모르고 업어주기도 하고, 놀아주기도 했던 그녀가 이젠 결혼을 하여 아들과 딸을 낳아 키우고 있는 사십대 초반의 워킹맘이다.

    조남주의 소설 ≪82년생 김지영≫이 처음 출판되어 나왔을 때 김지영이 마치 우리 조카처럼 느껴졌다. 그러나 그녀 또래들의 삶을 들여다 볼 수 있었지만 소설 속의 이야기처럼 그녀들의 현재의 삶이 절망적이지는 않다는 생각을 했고, 한편으로는 반감이 생기기도 하였다.

조카는 직장을 다니면서 몇 개월 터울이 지지 않는 아이들을 키우느라 늘 힘들다고 하면서도 하루가 멀다 하고 두 아이의 사진을 찍어서 이모에게 전송해 온다. 자기가 낳았지만 너무 귀여운 것 같다고 한다.

매일 아침 출근 전에 잠든 아이들 깨우고, 씻겨서, 대충 아침을 먹이고, 가방 챙겨서 어린이집에 넣어주고 온몸이 땀으로 홍건해지지만 어린이집 문을 열고 나오는 순간부터는 해피하다고 한다. 그녀는 출근길에 ○○벅스 커피 한잔을 사들고 이모에게 이렇게 문자를 보낸다.

"이모! 어린이집은 사랑이야." "선생님들은 정말 대단해~." "어린이집이 없었다면 직장을 어떻게 다녔을까요?" 아이들이 어린이집에 잘 적응해서 다녀주는 것이 너무 기특하다고 한다.

어린이집 선생님들이 너무 고맙다면서 어린이집 원장선생님인 이모에게 아이 키우기에 어려운 부분들에 대해서 늘 자문을 구한다. "이럴 때는 어떻게 해요? 저럴 때는 어떻게 하는 거죠?" 등. 어린이집 원장선생님으로서 이러한 문자는 무척 반갑다.

아동학대, CCTV 등 어린이집에 대해서 늘 부정적인 이야기만 들

콩새의 아세로라

다가 보육교사에 대한 칭찬의 말을 들으면 휴~~~ 가슴을 쓸어내린다. '이렇게 보육교사에게 힘을 불어 넣는 학부모도 있구나. 다행이다.'

　그녀가 대학 다닐 때, 집이 대전이었기에 나와 함께 살았었다. 어린이집 원장선생님이었던 나는 그녀가 어린이집 교사가 되기를 원하였으며, 보육학과에 진학하기를 권하였고, 반 강제로 그녀는 보육을 전공하였지만 보수가 너무 낮고, 아이 키우는 힘든 공 없는 일은 적성에 맞지도 않고, 하고 싶지 않다고 하면서 다른 일을 찾아 직장 생활을 시작하였다. 평양 감사도 자기 싫으면 못하는 법이라서 더 이상 권할 수도 없었다.

세월이 흘러도 나는 아직도 그녀가 보육교사이기를 바란다. 미련을 버리지 못하고 요즘도 가끔 그녀가 어린이집 교사를 했으면 좋겠다는 생각을 하면서 보육교사를 하면 어떠냐고 묻는다. "지금은 나이를 먹어서인지 보육교사도 괜찮은 직업 같아요. 그런데 아직까지는 내가 하는 일을 더하고 싶어요"라고 한다.

그녀는 내가 아무리 좋은 직업이라고 해도, 젊은 시절부터 해보지 않은 일에 선뜻 발을 들여 놓기는 아직도 망설임이 있는 것 같다.

아이들이 세상에 나와 처음으로 맞이하는 선생님, 초기 인격의 형성기에 만나는 아주 중요한 보육교사, 원장선생님은 오늘도 부모가 믿고 맡겨놓은 어린이집 아이들의 안전한 삶을 위해 건강을 살피며, 사랑으로 책임지는 보육교사의 노고에 항상 감사하다. 고맙습니다, 감사합니다, 그리고 미안합니다.

얼음 공주의 감사하는 삶

자신의 가치를 제대로 인정받고 싶어 하는 사람의 기본적인 욕구는 감사를 표현 하는 것이다.

나는 '감사하다'는 말을 남발할 때가 있다.

어릴 때부터 남이 쉽게 범접하기가 어려운 외모 덕(쌀쌀맞고, 차갑고 등등)에 내가 먼저 다가가지 않으면 사람들이 쉽게 접근을 하지 못했다.

하물며 나를 잘 알지도 못하는 사람이 "얼음 공주처럼 생겨가지고는……." 이렇게 표현하기도 하였다. 나이가 어릴 때는 이런 사소한 말에 상처도 잘 받았다.

그래서 소통하기 위해서 상대방보다 먼저 인사를 하는 습관이

생겼다. 아주 소소함에도 '감사하다'는 말을 정말 잊지 않고 살려고
한다.

'감사하는 마음을 표현하는 것'은 누군가가 우리 삶에 긍정적으
로 기여한 것을 인정해 주는 일이다. 내 자신의 삶도 긍정적으로
바라보려고 노력하니 하루하루의 삶이 행복해졌다.

아침에 눈을 뜨면 입에서 '오늘도 감사 합니다'라는 말이 저절로
흘러나온다. 감사로 가득 찬 삶에는 고뇌와 분노와 고독이 있을 수
없다. 늘 감사한 생활을 하니 정말 인간관계가 좋아지기 시작한다.

주변에 사람들이 모여들고, 나의 말에 귀를 기울여줄 준비가 되
어있으며, 상황 상황마다 나를 떠올리는 이가 많아졌다.

먹을 것이 생기면 '이 사람이 있었으면 잘 먹었을 텐데' 하는 생
각이 든다고 하고, 커피를 마시다가도 '이 사람이 커피를 참 좋아

콩새의 아세로라

하는데'라는 생각이 들고, 경치 좋은 곳에 갔다가도 '이 사람과 같이 왔으면 참으로 즐거워할 텐데'를 떠올리고, 좋은 현장학습지 답사를 갔다가도 '이 사람과 같이 못 온 것이 아쉽다. 참 좋아했을 텐데……'라고 하며, 김치를 담그다가 김치를 잘 먹는 내가 떠올랐다면서 김치를 담가 오는 이도 있다.

누군가는 "처음엔 어려웠는데 대화를 해보니 참 친근한 사람이네요"라는 말을 해주기도 한다.

나이가 들면서 긍정적으로 많이 변화된 '꽤 괜찮은 사람'이 되어가는 나의 모습을 보면서 감사하는 나의 삶에서 '감사하기'란 인간관계의 핵심이라고 감히 말할 수 있다.

인간이 지닌 위대한 재능은 타인과 쌓은 신뢰와 공감하고 감사할 줄 아는 능력이라고 한다. 감사한 일이 많이 생기게 되니 삶은 나를 항상 유리한 상황으로 이끌어 준다. 얼음공주는 오늘도 감사하며 기쁘게 삶을 바라본다.

와!! 여름이다

와! 여름이다.

라디오에선 COOL의 '야~~ 여름이다'가 흘러나온다. 말복을 기다리는 하늘은 작열하는 태양의 기운을 내뿜으며 열정을 다하는 모습으로 젊음을 자랑하고 있다.

연속적으로 TV 안에서 여름의 소식을 전해준다. 요즘처럼 비가 자주 오는 계절은 마치 열대야의 현상, 스콜 등으로 깜짝깜짝 놀라게 한다.

한여름의 날씨는 무엇을 입으면 좋을지 옷차림까지도 매스컴을 통해 알려주고 있다. 양산이나 자외선 차단제, 선글라스 등을 챙기시는 편이 좋겠고, 일교차가 다소 큰 편이니 가디건 등을 준비하시면 기온 차에 대비하시기 좋다는 등의 참으로 다정한 연인의 사탕 맛처럼 달콤하게 알려주고 있다.

좋은 세상이다…….

여름 방학기간으로 학교는 방학이고, 이곳저곳 시내의 건물들은 조금은 한산한 모습으로 냉방 중! 이라는 간판의 자태를 고혹적으로 뽐내고 있다. 아스팔트 열기는 행인들의 발걸음을 그늘 막으로 피할 수 있도록 열열이 뿜어내며 여름을 환영한다.

전철역에서 내려 어린이집 방향으로 걷다 보면 ○○벅스의 아이스커피가 참새 방앗간처럼 유혹한다.

생생한 여름은 누군가는 인천공항으로 캐리어를 끌고 가게 하고, 누군가는 외가집으로, 누군가는 휴가지로, 누군가는 캠핑장으로, 누군가는 모든 걸 체험하고 나니 오갈 곳이 없다.

한강변엔 벌써 고추잠자리가 계절의 감각을 잃어버린 채 황망히 낯선 꽃 위에 앉아 있다. 여름 날, 점심 먹고 한가한 오후 휴식시간이다. 노트북 앞에 앉아 한글을 열고 자판을 두드리며 8월 신작 영화를 찾아본다.

까맣게 그을린 아이들은 땀을 뻘뻘 흘리면서 어린이집으로 피서를 온다. 휴가 중인 담임선생님이 없다고 어린이집 문 밖에서 땡깡을 부리기도 한다. '아가반 교실에서 낮잠 자기 싫고, 선생님이 없어서 싫고, 언니와 오빠는 방학이라 집에 있는데 나만 어린이집

오는 것이 억울해서 싫고, 더워서 싫고…. 이런저런 이유를 들어가며 어린이집에서 가장 부지런한 쿨한 현관 자동문과 한참을 씨름하고, 엄마와 할머니의 달콤한 속임수에 마지못해 어린이집 현관에 발을 들여 놓는다.

와~~~~ 여름이다. '물총놀이라도 해야 할까?' '수영장 놀이라도 해야 할까? NO, NO!!!'

교사들의 휴가로 인력이 모자라니 위험한 물총놀이, 수영장 놀이는 접기로 한다.

아주 시원하게 코끼리 코의 물총 세례를 받고 싶은 한여름의 낮이다.

　　　　　콩새의 아세로라

부모님께 보내는 장정소포

퇴근해 보니 택배 함에 박스가 한 개 놓여 있다. 얼마 전 논산 훈련소에 입소했는데 논산 훈련소에서 온 둘째아들의 물건으로 그날 입고 갔던 옷가지들이다. 아들의 성격답게 신발은 종이박스에 가지런히 놓여 있고, 편지와 군복 입은 사진, 티셔츠, 반바지, 속옷, 지갑, 가방 등이 들어 있다.

박스의 표지 그림에는 환하게 웃고 있는 육군 캐릭터가 그려있다. 캐릭터만 봐도 웃음이 나온다. '저런 꼬맹이들이 나라를 지킬 수 있을까?' 생각해본다.

아들은 28교육 ○○연대에 배치되었다. 너무 더워서 훈련은 정신교육으로 실내에서 하고 있다고 한다.

편지 내용에는 '엄마는 운동 열심히 하고, 아빠는 담배를 끊었으면 좋겠다'고 한다. 그리고 시간 없어서 짧게 쓰니 이해해달라고 한다.

어린아이로만 생각했는데 군대를 갔다니 기특하다. 그것도 스무살이 되면서 자발적 입대를 했다. 4학년 마치고 군대에 다녀오면 좋겠다고 권했지만 스스로 지원입대를 하였다. 자기도 계획이 있으니 빨리 군대를 다녀와야겠다고 하여 말리지 못했다.

논산 훈련소에 입소하는 그날, 맑은 하늘이 너무 맑아서 훈련소에 입소시키고 돌아오는 내내 짠하다.

훈련소 입소 전 날, 친구들과 함께 미장원에 다녀왔다면서 까까머리를 보여주는데 너무 귀여웠다. 큰아들은 여자 친구와 함께 미장원에 가서 머리를 잘랐는데, 이 녀석은 여자친구가 없으니 친구

　　　　　　콩새의 아세로라

들과 다녀온 것 같다. 이것 또한 짠했다.

큰아들이 9개월 먼저 군에 가있기 때문에 군대 가는 것에 대한 안타까움 및 서운함은 없었다. 다만 엄마 앞에서 가늘고 기다란 녀석이 눈앞에서 왔다 갔다 했던 모습이 보고 싶을 것 같다. 한 달이 지나니 정말 귀여운 둘째 아들이 보고 싶어진다.

훈련소에 매일 매일 답장 없는 편지를 매일 두 세 번씩 쓰고 있다. 무더운 여름 날 얼마나 고생이 될까 하는 걱정보다는 다치지 말고 건강하게 잘 지내고 오기를 기대한다.

득수리의 조연농원

    늦여름 볕에 단내가 진동하는 상주, 도로와 접근성이 용이한 곳에 위치한 조연농원의 알알이 엉겨 붙어 있는 포도 알들의 대화가 궁금해진다. 초가을이면 조연농원에서 출하되어 세상을 향해 빵긋 웃어주는 실한 포도 알이 입안에서 톡~ 단맛이 터질 때, 조연농원 사장님의 땀방울과 노고에 저절로 고개 숙여진다. 1년 동안 고이고이 품어 오다가 미식가들의 식탐을 향해 내어준다.

    중부고속도로를 주~욱 달려 경상북도 상주IC를 따라 고속도로를 내려오니 산과 골짜기가 어우러진 시골길이다. 넓은 들녘에 하얀 비닐하우스 안의 고고하게 운집되어있는 초록의 산물을 얻기 위해 늦은 밤 조연농원을 찾아간다. 시골의 밤길은 네비게이션이 있어도 목적지를 찾아가기가 여간 어려운 일이 아니다.

경북 상주시 모서면 득수 2리. 독수리 오형제가 살고 있을 것 같은 마을이름이다.

팔음산 산자락 아래 위치한 득수리는 탄광이 있었던 곳으로 지금은 폐광만 남아있는 어린 시절 아낙네 1인이 살았던 동네, 백화산의 맞은편에 위치한 조연농원 사장님댁에 도착하였다. 뭇 여성들의 가슴을 설레게 했을 것 같은 외모의 젊은 오빠, 조연농원의 사장님께서 반갑게 맞이해준다. 사장님 자택을 방문하고 잠깐 동안이지만 다정한 노모를 만나 담소를 나누고 인근의 조연농원의 세컨하우스를 찾아 또다시 시골길을 달렸다. 손수 지었다는 산 아

래 위치한 조연농원의 별장이 밤이슬을 맞고 있다가 손님을 맞이

한다. 별장 주변에는 장뇌삼의 향기가 건강지킴이의 눈동자에 힘

을 넣어 유혹하고 있다. 조연농원 사장님께서 손수 지었다는 별장

에는 없는 것이 없다.

　오가는 사람들 배곯지 말라고 냉장고에는 바로 밥을 지어 먹을

수 있게 먹거리가 채워져 있고, 늦은 밤까지 심심하지 않도록 TV

는 물론 노래방기기까지 잘 갖춰져 있다. 여인네들은 눈에 힘을 주

며 밤을 하얗게 지새우며 놀아야겠다고 다짐을 한다. 아늑하고 소

박한 주택의 정원에 놀러온 것 같다.

　힘들게 일궈 온 그림 같은 포도밭에 아무렇게나 들어가서 딸 수 있게 해줄지 그것은 의문이지만 조연농원의 포도밭에 내일 아침에는 포도를 따러 간다.

아낙네들은 밤을 하얗게 지새우며 놀만큼 체력이 아니었다. 놀다 지쳐 어느새 잠이 든다.

아침이 밝아오니 아낙네 1인의 깨복장이 친구가 포터에 포도즙과 고구마를 박스 채 싣고 나타난다. 참고로 싱글 남.사.친. 이다. 서울에서 온 아낙네들에게 주는 선물이라고 하니 시골 인심에 아낙네들의 입은 함박꽃처럼 만개한다.

조연농원 사장님께서는 서울에서 내려 온 아낙네들이 못 미더운지 포도밭에 오지 말고 별장에서 편히 쉬라고 한다. 아낙네들은 집 주변을 산책하며, 호박넝쿨을 뒤져 호박을 따고, 노모께서 심어둔 열무를 캐고, 부추를 잘라서 차곡차곡 차에 포도가 놓일 만큼의 공간만 남기고 실었다.

도구만 있다면 아낙네들은 장뇌삼을 캐러 뒷산으로 올라갔을 것이다. 밭에서 잘라온 부추에 밀가루 옷을 입혀 전을 부쳐 아침을 먹고, 사드락 사드락 들판을 산책하며, 익어가는 벼를 배경으로 포스터를 찍고, 비닐하우스 옆 아무렇게 피어난 코스모스에 얼굴을 내밀고 '찰칵' '찰칵' 사진을 찍으며 시골의 정취를 느껴본다.

도로변에는 상주의 유명한 감나무들이 즐비하게 서 있다. 노모께서 익은 감이 달린 나무를 알려준다. 한 개 따서 맛보려다 나뭇

가지 채 잡고 넘어진다. 대형사고가 날 뻔했다. 그래도 아낙네들은 '하하' '호호' 웃는다.

포도밭 비닐하우스 안에는 왕사탕만한 포도송이가 팔뚝만 한 게 탐스럽다. 조연농원 사장님의 후한 인심덕에 차 안 가득 포도향이 번져간다. 감도 싣고, 고구마도 싣고, 각종 야채들이 차가 미어터질 때까지 싣는다.

득수리의 사람 좋은 마음을 싣고 아낙네들은 서울을 향해 달려간다. 집에 돌아와 따온 감을 예쁘게 깍아서 실로 매달아 말리며 하얀 분으로 덮인 달콤한 곶감을 기대한다. 조연농원에서의 하루는 오래토록 아낙네들의 추억거리가 되었다.

콩새의 아세로라

대한민국은 초저출산국

요즘 신문을 읽거나 TV를 틀면 대한민국의 미래에 대해 걱정하는 사람들이 많이 있다.

초저출산! 초고령화! 인구절벽! 인구 감소!

생산 소비 감소! 혼밥 족! 비혼 증가!

이런 단어들을 너무 흔히 듣게 된다.

대한민국의 정부는 인구절벽의 문제를 해결하기 위해 10년이 넘는 기간 동안 80조 원이 넘는 재정을 쏟아 부었다고 한다.

그럼에도 불구하고 OECD 국가 중 일본, 포르투갈, 폴란드보다 출산률이 최하위라고 한다.

인구정책 1.07명에 못 미치는 1.05명이라는 숫자는 대한민국의

아리야

미래를 책임질 수 있는 인구가 한 세대를 지나면 인구가 반으로 줄 어든다는 이야기라고 한다.

서울대에서 인구학을 연구하는 조영태교수님은 시장 변화를 알 려면 정해진 미래를 알아야 한다고 강조한다. 그 정해진 미래를 알 려주는 지표가 바로 인구라고 한다. 인구 분포로 우리들의 정해진 미래를 알 수 있으며, 지금까지와는 전혀 다른 사회가 올 수 있다 는 것이다.

지금까지는 일하는 인구가 계속 늘어왔지만 앞으로는 일하는 인 구는 줄고 노인 인구만 계속해서 늘어난다. 초고령화 사회는 우리 가 이제껏 경험해 보지 않은 '미지의 세계'라고 한다. 그래서 대학 입시제도 또한 달라질 것이고, 산업경제도 달라지고, 교육도 달라 지고, 여러 가지 직업의 구조도 달라질 것이지만 아무도 그 미래를 알 수는 없다고 한다. 그럼에도 불구하고 우리는 우리가 살아왔던 방식에서 벗어나지 못하고 관행대로 살아간다는 것이다. 시장 변 화를 알려면 정해진 미래를 알아야 한다고 강조한다. 인구가 알려 주는 우리들의 정해진 미래는 무엇일까?

알 수 없는 사회가 온다는 사실을 간과해서는 절대로 안 될 것 같다. 아직까지는 일하는 인구가 계속 늘어 왔지만 앞으로는 일하 는 인구가 줄고 인력으로 쓰기엔 아쉬운 노인 인구만 늘어난다는 말을 들으니 냄비 안에 갇힌 개구리가 물이 뜨거워지는 줄도 모르

고 "야호! 뜨끈하니 좋다~~"라며 익어갔다는 일화가 생각난다.

인구가 절벽인 시대에 도래해 왔지만 그럼에도 위기를 기회로 만들어 보자고 한다.

미래를 기준으로 앞날을 준비한다면 '인구절벽'이라고 해도 분명히 기회를 찾을 수 있을 것 같다.

"인구학이라는 학문에서 보면 인구변동을 통해 미래가 어떻게 바뀔 지 예측이 가능하다"고 조영태 교수님은 말한다.

"아이들 달달 볶지 말고 맘껏 놀게 해주고 즐겁게 뛰어놀다가 생각할 수 있는 직업군을 찾아보라"는 말에 공감하며 사람이 중심이 되는 저출산 대책을 깊이 생각해 본다.

정해진 미래 속에서 나의 밝은 미래를 설계해 보고 싶기는 하지만 이미 중년의 나이를 지낸 나의 미래를 예측하기엔 너무 늦지 않았나 생각한다.

지금부터라도 우리 아이들이 어깨동무 할 수 있는 친구들을 많이 만들어주자. 하나 보다는 둘이 즐겁고, 둘 보다는 셋이 더 즐거운 동심의 세계!

우리의 정해진 미래는 같이 놀 수 있는 친구가 많을수록 살만 할 것이다.

콩새의 아세로라

콩새이야기

내 별명은 '콩새'………

유년기에 둘째언니는 나를 콩새라는 별명을 지어 불렀다. 예쁘고 귀여운 짓을 해도 '콩새 같은 년', 미운 짓을 해도 '콩새 같은 년'이라는 표현을 썼다. 언니가 보는 막내 동생은 몸 작고 키 작은 동생의 귀여운 느낌을 부르기 쉬운 콩새로 표현한 것 같다.

나는 SNS에서 아이디를 '콩새'라고 지어 사용한다. 이틀 동안 강남사거리 한복판에 있는 안과에 갈 일이 생겼다. 같은 건물 1층에 있는 **벅스에서 e-카드로 드립커피 가루를 사는데 "어제도 오셨죠?"라고 종업원이 묻는다. "아…. 네……." "아이디가 독특해서 기억이 나요"라고 한다. 그 종업원은 나의 얼굴을 기억하는 것이 아니라 내 아이디 '콩새'를 기억하고 아는 척을 한다. 누군가 나의 아이디를 기억하고 아는 척하는 것이 나쁘지 않다.

콩새! 어감이 좋다. 경쾌하기도 하고 영리한 느낌이 드는 단어이며 부르기도 좋다.

콩새는 우리나라에서는 주로 겨울에 볼 수 있는데 유럽과 북아메리카, 아시아 등지에 분포하며 서식하는 철새의 한 종류다. 열매나 곤충을 먹이로 사용하며 몸길이가 약 18cm로 짧은 꽁지와 굵은 목, 투박하지만 야무진 부리를 가졌다. 분홍빛을 띤 갈색 깃, 검은색을 띤 날개에는 큰 반점이 있고, 머리 부위가 수컷은 갈색,

콩새의 아세로라

암컷은 잿빛이 도는 갈색으로 암수를 구별한다. 5월이나 6월에 덩굴식물을 이용하여 둥지를 만들어 알을 낳는다.

먹이로는 단풍나무 씨를 비롯한 산수유의 씨앗 등 각종 활엽수의 씨앗을 따 먹는다. 번식기가 되면 에너지가 더 필요한지 딱정벌레를 잡아먹기도 한다.

가끔 나는 고덕천과 한강이 합류하는 지역인 고덕수변 생태공원으로 운동삼아 천천히 산책을 나간다. 고덕수변 생태공원은 철새들의 번식지라고 할 수 있다. 그곳에 가면 겨울새인 콩새를 만날 수 있다. 콩새를 눈앞에서 마주하고 바라보면 아주 기품이 있고, 우아하고, 아주 야무지고 영특하게 생겼다. 산수유 나뭇가지에 모델 각도로 꼿꼿이 앉아 열심히 산수유 열매로 립스틱을 바르듯이 열매 씨앗을 탐닉한다. 부리가 굵고 짧아서 열매를 아주 잘 까먹고, 인기척이 나면 푸드득 날아가기도 하고, 먹을거리 앞에서 인기척이 나도 아랑곳하지 않는다. 이 녀석! 아주 도도하고 사랑스럽다.

페르소나

'얼굴 찌푸리지 말아요!~ ~ ~ ♬ ♪ ♩ ♭' 아이들이 즐겨 부르는 노랫말이 있다. 사람의 첫인상을 결정하는 시간은 3초!!!~~ 인상이 결정 되는 요인에는 표정, 목소리, 인격 등이 차지한다. 그 중에 가장 많은 부분을 차지하는 것은 얼굴의 표정이라고 말할 수 있다. 얼굴은 80개의 근육으로 신체의 근육 가운데 가장 많은 근육을 가지고 있다. 7,000개 이상의 다양한 표정을 지을 수 있는데 움직임이 자유로운 부분은 '눈과 입'이다.

나이가 들면서 점점 자주 쓰던 표정으로 굳어지게 되는데 우리는 마흔이 넘으면 자기 얼굴에 책임을 지라고 하는데 이런 근육의 움직임 때문이라고 말할 수 있다.

콩새의 아세로라

눈이 귀에 걸리도록 웃어주면 행운이 들어왔다가 절대로 나가지 않는다고 한다. 그래서 잘 웃어야 하는데 근육의 움직임이 자유로움에 반해 웃는 것이 쉽지 않다. 잘 웃는 사람에게는 복이 들어온다고 하고, 들어온 복이 잘 웃는 사람에게서 빠져나가지 못하는 굴레가 있다. 우리말에 얼굴을 '얼(魂) 이 들어 있는 굴(窟)' 즉, 얼이 들어오고 나가는 굴이라고 한다.

'얼'은 영혼을 뜻하며 '굴'은 통로라고 할 수 있다. 얼은 기(己가) 보이는 것, 굴(窟)은 기가 숨어 있는 것으로 표현한다. 생각과 정신이 포함된 마음의 구조, 본성, 품성, 성품의 의미를 내포하고 있다. 우리의 신체부위 중에서 어떤 사람을 다른 사람과 구별하는 가장 큰 특징을 드러내는 곳은 얼굴이며, 얼굴은 곧 자신이다.

'얼굴'의 어원을 보면 얼굴의 아름다움이 안에 담긴 정신이 훌륭할 때 비로소 빛을 발하게 된다 .

'얼'과 관련된 우리나라의 언어 표현 방식으로 얼빠진 촘(얼이 빠진 사람), 얼간이(얼이 간사람), 어른(얼이 큰사람), 어린이(얼이 이른(어린) 사람), 어리석은 촘(얼이 썩은 사람)라고 표현한다.

페르소나라고 표현하는 얼굴은 어릴 때부터 가정교육, 사회 교육 등으로 형성되고 강화되는 사회적인 얼굴이다.

페르소나^{Persona}는 고대 그리스 가면극에서 배우들이 썼다가 벗었다가 하는 가면이다. 이 당시에는 마이크가 없어서 관중에게 배우

목소리를 전하기 위해 고깔을 사용하였다.

연극 도중에 고깔을 손에 들고서 고래고래 소리를 지를 수가 없어, 가면 자체에 고깔을 붙이고 현재 인물의 감정을 나타내는 얼굴을 새겨 넣었다고 한다.

이후 라틴어로 섞이며 사람^{Person}/인격, 성격^{personality}의 어원이 되고, 심리학 용어가 되었으며 후에 영어의 'personality'가 되었다.

인성^{personality}의 어원으로 고대희랍시대 에트루리아의 어릿광대들이 쓰던 가면을 뜻하며, 라틴어persona(가면)에서 유래되었다. 페르소나는 '남이 보는 나의 얼굴'을 말하며 사회적인 가면을 쓰고 우리는 살아간다고 해도 과언이 아니다.

교사로, 부모로, 직업인으로……. 페르소나는 내 의지와 상관없이 주위 사람들의 요구를 수용하며 개선되므로 사회생활을 원만하게 유지할 수 있게 된다.

심리학자 칼 융에 의하면 '인성은 다른 사람에 투사된 성격이다'라고 하였다. 우리는 사람이 바른 인성을 갖추기를 바라므로 인간이 되라, 인격을 갖추라, 품격 있는 사람이 되라고 한다.

인격이 있기에 상호관계를 맺으며 살아갈 수 있다는 것이다. 요즘에는 사회생활을 적절하게 잘하기 위해 쓰는 가면을 의미한다. 사회관계망서비스^{SNS}에서 사용하는 프로필 사진, 케리커쳐, 특정한 상품의 이미지, 로고 등 고유한 이미지를 표현하는 것들을 의미한다.

한국 사람은 얼굴 구조상 광대뼈가 크고 턱뼈가 발달되어 근육 부착점이 내려와 있어서 대부분 입꼬리가 처진 무뚝뚝한 표정이다. 나이가 들어갈수록 더욱 심해져서 본의 아니게 화난 얼굴, 퉁명스러운 얼굴, 심술궂은 얼굴이 되므로 웃으려고 노력해야 한다.

웃는 얼굴에 침 못 뱉는다고 하니 매일 매일 삶에 감사하며 사는 것도 웃음의 비결이다. TV프로그램 〈동상이몽〉에서 나오는 중국 배우 우블리가 배우는 한국어 문장처럼 '나~ 좋고, 너~ 좋고', 여러 사람에게 좋은 효과를 주는 웃음, 열심히 웃어보자. 40살이 넘은 나의 얼굴에 책임을 지자.

해피바이러스 폴폴 날리는 페르소나Persona를 위해~~~

아리야

4

행복이 묻어나는 곳

꿈꾸지 않으면 사는 게 아니라고.

사랑하지 않으면 사는 게 아니라고.

피그말리온 효과

어릴 적 나는 엄마와 함께 안방을 차지하며 잠을 잤다. 아버지의 직업이 공무원이었고 한때는 강원도에서 근무를 하게 되어 떨어져 지낸 적이 있다. 그리하여 막내였던 나는 엄마와 함께 안방에서 같이 지낼 수 있었다.

엄마는 잠든 딸의 얼굴을 들여다보다가 갑자기 콧잔등을 손가락으로 '툭' 치면서 "내가 우리 막내딸을 어쩌면 이렇게 잘 낳아 놓았지?" 라는 말씀을 하시곤 하셨었다. 아마도 당신이 낳은 딸의 잠자는 모습이 예뻐 보였던 것 같다. 난 잠결에 들었던 엄마의 말씀이 내 머릿속에 오랫동안 각인되었다.

늘 엄마가 잘 낳아 놓은 딸이기에 늘 바르게 행동하려고 노력했고, 엄마가 나로 인해 신경 쓸 일이 없도록 행동하였다. 하교 후에는 누가 상관하지 않아도 숙제부터 해놓고 준비물 챙겨놓고, 거의 완벽한 초·중·고 시절을 보냈다.

누군가의 칭찬을 듣고 실천하려는 의지를 갖게 되는 것, 그것을 심리학자들은 '피그말리온 효과'라고 정의한다. 피그말리온 효과는 그리스 신화에 나오는 조각가 피그말리온의 이름에서 유래한 심리학 용어로 조각가였던 피그말리온은 아름다운 여인상을 조각하고, 그 여인상을 진심으로 사랑하게 된다.

여신(女神) 아프로디테(로마 신화의 비너스)는 그의 사랑에 감동하여 여인상에게 생명을 주었다. 이처럼 피그말리온 효과는 '타인의 기대나 관심으로 인해 능률이 오르거나 결과가 좋아지는 현상'이다. 심리학에서는 타인이 나를 존중하고, 나에게 기대하면 그 기대에 부응하기 위해 노력한다는 의미로 특히, 교육 심리학에서는 교사의 관심이 학생에게 긍정적인 영향을 미치는 심리적 요인이라고 한다.

1968년 하버드 대학교 사회 심리학과 교수인 로젠탈[Rosenthal, Robert]과 미국에서 20년 이상 초등학교 교장을 지낸 제이콥슨[Jacobson, Lenore]은 미국 샌프란시스코의 한 초등학교에서 전교생을 대상으로 지능 검사를 한 후 검사 결과와 상관없이 무작위로 한 반에서 20% 정도의 학생을 뽑았다. 그 학생들의 명단을 교사에게 주면서 '지적 능력이나 학업 성취의 향상 가능성이 높은 학생들'이라고 믿게 했다. 8개월 후 이전과 같은 지능 검사를 다시 실시했는데, 그 결과 명단에 속한 학생들은 다른 학생들보다 평균 점수가 높게 나왔을 뿐만 아니라 학교 성적도 크게 향상되었다고 한다. 명단에 오른 학생들에 대한 교사의 기대와 격려가 중요한 요인이었다. 이 연구 결과는 교사가 학생에게 거는 기대가 실제로 학생의 성적 향상에 효과를 미친다는 것을 입증하였다.

이처럼 우리 아이들이 성장하는데 부모님의 칭찬은 아이들의 성장 발달에 막대한 영향을 끼친다는 것을 나는 부모님의 격려로 나 스스로를 절제하고 모범적이 되려고 노력했던 유년의 기억으로 너무나 잘 알고 있다.

늘 누구를 만나더라도 긍정적인 칭찬을 하려고 하지만 인간관계를 맺으면서 항상 긍정적인 생각으로 바라보기는 쉽지 않은 일이다. 그러나 노력해서 안 되는 일은 없다. 자신의 생각을 긍정의 힘을 믿고 기울인다면 가능해질 일이다.

내 아이뿐만 아니라 동네 아이들을 위해서도 오늘 칭찬 한마디! 놀이터에서 나누는 즐거운 언어의 향연이 우리 아이들을 춤추게 하지 않을까? 칭찬은 고래도 춤추게 한다.

평화를 짜나가는 사람(peace weaver)

아리스토텔레스는 '인간은 사회적 동물이다.'라고 하였다. 사람은 혼자서 살 수 없고, 어울려 집단을 이루고 살아야 한다는 것이다. 그래서 어느 정도 나이가 들면 '결혼'이라는 것을 한다. 사람이 어울려 가정을 이루고 사는 일은 친밀한 관계를 갖는다는 것을 의미한다. 이런 친밀한 관계를 맺으며 사는 사람이 바로 '부부'가 아닐까 생각 한다.

여자는 일생 동안 '아기, 딸, 아내, 며느리, 어머니,시어머니,할머니 등' 여러 가지의 지위를 경험한다. 일생을 살면서 여자로서의 권리와 의무를 지고 규범을 지키며 살고 있다.

예부터 '아내'라는 존재는 '남편에 귀속되어지는 사람' 정도였다.

콩새의 아세로라

남편과 아내의 관계가 대등한 관계가 아
닌 남편을 내조해주는 '안사람' '집사람' 정
도로 생각하고 때로는 '마누라'라는 호칭
으로 하대를 하였다.

남의 아내를 말할 때는 '부인'으로 부르고, 남에게 자신의 아내
를 말할 때는 '처', '아내', '집사람', '와이프'라고 표현한다.

아내는 '안 해'의 준말로 '내 안에 있는 해^{SUN}'라는 뜻이다. 아내
와 사이가 좋으면 지금 사는 이 집이 천국이고 아내와 사이가 나
쁘면 지옥불이 된다고 남자들은 흔히 말한다. 이 세상에서 '아내'
라는 말처럼 정겹고 아늑하고 편안한 이름이 또 있을까?

아내는 곁에 있어도 언제나 그리운 존재다.

천 년 전 영국에서는 아내를 '피스위버$^{peace weaver}$'라고 불렀다고 한
다. 굳이 해석을 해보면 '평화를 짜나가는 사람'이다. 장인정신으로
한 올 한 올 천을 짜듯 '평화를 짜 나가는 사람'이라고 표현하였다.
어느 가정이나 집안 일과 육아를 도맡아서 해주는 아내 덕분에 가
정은 안정되고 평화롭다.

나의 아버지처럼 사별 후에 '조강지처만한 사람은 없다'라고 하
거나 어느 시인처럼 '아직 고맙다는 인사도 못했는데 내 허물을 무

조건 덮어주던 배려의 천사, 아내가 이젠 나를 떠났다'라며 후회하지 말고 정성으로 한 올 한 올 집안의 평화를 짜나가는 아내를 위해 오늘은 아내의 등을 토닥여 주는 날로 정해보자.

철학자 소크라테스는 '좋은 아내를 얻으면, 당신은 행복할 것이다. 만약 나쁜 아내를 얻으면, 당신은 철학자가 될 것이다'라고 하였으며, 법륜 스님은 '아내를 위해, 남편을 위해, 자식을 위해, 내가 해줄 수 있는 최고의 선물은 내가 행복하게 사는 것이다'라고 하였다.

우리는 늘 행복을 꿈꾸면서 이 순간이 행복이라는 것을 알지 못한다. 행복이 한 움큼 손에 쥔 모래알처럼 손가락 사이로 물 흐르듯 사라져 간다는 것도 모른 채 살아간다.

행복하게 사는 것도 연습이 필요하다.

아침 출근길을 배웅하는 가족을 위해 입가에 살짝~ 행복한 미소를 흘려보내기 바란다.

콩새의 아세로라

하루 일과 속에 성장하는 아이들

어린이집에 오는 친구들은 왜 '하루 일과'가 중요할까? 어린이집에서는 평가를 인증 받는 기간이 있다. 이 기간 동안 평가인증 관찰자가 내원하여 영유아들의 하루 일과를 관찰하여 평가를 한다. 인증 받는 조건에는 아동 80% 이상이 등원했을 경우라는 기준이 있다. 이 기간 동안에 교직원들은 부모님께 지각하지 않도록 특별히 당부를 한다.

영유아들은 어린이집에서 교사와 함께 하루 종일 생활을 하고 있다. 비슷한 일과를 일관성 있게 진행하면 생활의 리듬을 갖게 되고 정서적으로 안정감과 편안함을 느낄 수 있다. 교사는 화장실 가기, 간식 먹기, 낮잠 자기, 일상적인 양육을 자연스럽게 계획하고 교육적인 경험이 되도록 지도한다. 미리 계획한 틀 속에 아이들을 끼워 맞추는 것이 아닌 아이들이 즐거워하고 원하는 활동을 우선적으로 선택할 수 있게 해준다.

밖에서 하는 놀이, 실내에서 하는 놀이, 조용한 놀이와 움직임이 큰 놀이, 여럿이 함께 하는 활동과 혼자 집중하는 활동, 교사가 주도하는 활동과 아이들이 주도하는 활동 등 다양한 활동을 통해 자율성과 창의성이 발달하도록 도와준다. 또한 교사는 다른 사람과 말이나 행동으로 서로의 감정과 생각을 나누며 의사소통하는 방법을 배울 수 있도록 지도하고, 일과를 평가하고 이것을 다시 계획에 반영하여 아이들에게 더 나은 보육을 제공하려고 노력한다.

어린이집에서는 매일 등원 시간을 지켜 주십사 부탁을 하고, 등원하면서 바로 실시되는 자유선택놀이는 영·유아에게는 워밍업 하는 시간으로 하루를 잘 지낼 수 있도록 준비 운동을 하는 과정이다.

물론 병원을 가거나 아파서 등원을 제 시간에 못하는 경우는 제외한다. 등원시간이 지켜지지 않으면 영유아의 하루 일과 속에서 진행되는 흐름이 끊기게 된다. "아이가 늦게까지 잠을 자서 기다리다가 늦었어요"라고 하기도 하고, "누나가 학교를 안 가니 가고 싶지 않다고 해서 집에서 쉬게 하려 구요."라고 하는 등 여러 가지 이유는 있다. 집에서 엄마와 함께 지내는 것은 행복한 일이다. 기관

에서 보내는 시간보다 엄마와 있는 시간이 아이에게는 제일 큰 행복이다. 그러나 기관에 보내는 동안 우리 소중한 아이들의 정서적 발달을 위해서는 몇 가지 사항은 꼭 숙지해야 한다.

보육교사라는 직업은 영아에게 바람직한 하루 일과 중에 생리적인 욕구를 해소할 수 있도록 도와주는 일과 영아가 보내주는 신호에 민감하게 반응하도록 계획을 세우는 일을 한다.

또한 교사는 하루 일과를 보내면서 영아의 반응을 기다려주고, 스스로 탐구할 수 있도록 기회를 제공하고 있다.

유아에게는 유아의 특성 상 움직임이 활발해지고 탐구심이 왕성해지는 시기에 맞는 다양한 놀이와 활동이 이루어지도록 계획을 한다. 유아들은 스스로 선택하고 직접적인 경험을 할 때가 가장 학습이 잘 이루어지므로 유아가 흥미를 느낄 수 있는 활동을 선정하고 유아가 탐색할 수 있는 풍부한 환경을 제공하여 유아의 학습을 촉진할 수 있도록 바람직한 상호작용을 해준다.

양육자는 어린이집의 하루 일과를 잘 숙지하고, 제 시간에 등원해야 하는 이유를 알아야 한다. 영유아가 성장 발달을 하는데 '하루의 일과'는 아주 중요한 작업이다. 일상생활 속에서 어른들이 매일과업을 달성하듯이 아이들도 하루의 과업을 달성하는 것이다. 콩나물시루에 물만 주어도 콩나물이 쑥쑥 자라듯이 영유아도 부모님들의 아낌없는 사랑시루 안에서 부모님의 사랑을 먹으며 성장한다.

영유아의 성장에 우리 모두가 동참하여 밝은 사회, 행복한 사회를 구현하는 일에 동참해야 한다.

오늘도, 내일도, 보육교직원들은 영유아와 함께 하루의 일과 속에서 기쁨으로 살아간다.

name 01

콩새의 아세로라

내 친구 해이니

아리스토텔레스가 말하기를 "친구란 두 개의 몸에 깃든 하나의 영혼이다"라고 하였다. 퇴근 무렵 열네 살에 처음 친구가 되어 지금까지 이어져 오는 친구, 해이니를 만나 즐거운 시간을 보냈다. 그러고 보니 40년지기 친구이다. 밤을 세며 이야기를 해도 끝이 없을 것 같은 친구, 해이니를 거의 10여년 만에 만난 것 같다. 어제 만나고 오늘 또 만나는 친구처럼 그동안 살아 온 이야기의 보따리를 풀어냈다.

결혼을 하고 가정을 꾸리고 사니 가족 이야기가 더 많아진다. 남편, 시부모, 아이들, 직장이야기……

어린 시절에 만났던 해이니는 미국의 전통적인 상류층 가정에서

고귀하게 자라는 것처럼 보였다. 그 당시 해이니 부모님은 병원에서 근무를 하였고, 해이니 집에 놀러 가면 없는 것이 없었다. 해이니는 그 당시 지방에서 유일한 넓은 아파트에 살고 있었다. 해이니는 자기 방이 있었고, 그 방에는 침대와 많은 책과 날씬한 마론 인형들, 그리고 친척들이 미국에 살고 있어서 서양의 물건들이 많았다. 특히 해이니 방에는 기다란 향수가 침대 머리맡에 있었다.

엄마가 준 것인지 이모가 준 것인지 생각은 안 나지만 아주 기다란 병에 향수가 가득 담겨있는데 뚜껑을 열 때마다 아주 맛있고 예쁜 향이 났다. 어린 나에게 그 향은 신기루 같았다. 어른이 되어 생각해보니 그것은 마릴린 몬로가 뿌린다는 샤넬 넘버 5였다.

아직도 그 때 강렬한 기억으로 남아있는 향이 좋아서 매일 샤넬 넘버 5를 쓴다. 해이니 집에는 커다란 전축, 클래식 레코드판, 올드 팝 레코드판 등 다양한 음악도구가 구비되어 음악을 좋아하는 부모님의 모습을 엿볼 수 있었다.

부모님은 해이니에게 성경 읽기 숙제를 내주었고 숙제 분량의 성경을 읽지 않으면 용돈을 주지 않았다고 한다. 해이니 가족은 교회를 열심히 다녔고, 부모님은 합창단원으로 활동을 하며 주일 예배를 열심히 드리는 모습이 어린 나에게는 아주 감탄스러웠다. 어린 마음에 해이니의 가정은 정말 멋지게 보였으며 부러움의 대상이었다. 지금도 여전히 얼굴이 하얗고, 참하고, 도시적인 내 친구 해이니는 예쁘게 잘 늙어가고 있다.

해이니는 지방에 있는 대형병원에서 도서관 사서로 근무하고 있으며, 성가대에서 활동하고, 플루트 연주로 음악봉사를 하며, 주일을 잘 지키는 전형적인 기독교인이다.

오늘은 인천 영종도의 어느 호텔에서 학회가 있어서 참석하러 왔다가 옛 친구인 나를 피자힐에서 파스타와 피자를 먹으며 정담을 나누고, 천안에서 근무하는 남편을 만나러 막차를 타고 갔다.

친구(親舊)는 원래는 친고(親故)와 같은 말로 '친척과 벗'을 뜻하는 한자어다. 친(親)은 친척, 구(舊)는 '오랜 벗'을 뜻하던 것이 한국에서는 친척의 의미가 빠지고 '벗'의 의미로 한정되어 쓰이게 되어 지인과는 구분된다. 친구 = 오랜 벗

터마스 플러는 '보지 않는 곳에서 나를 좋게 말하는 사람이 진정한 친구이다'라고 하였다. 해이니는 살아가면서 진정한 친구가 아

니었나 생각해본다.

　보내놓고 나니 이야기에 빠져서 그렇게 좋아하는 사진을 함께 찍지 않았다. 커피 마시다가 핸드폰 하는 모습이 예뻐서 잠깐 찍어둔 사진 한 장. 여전히 이쁜 내친구 해이니, 아~ 아쉽다.

　또 언제 만나게 될지 모르지만 내 친구 해이니는 소중한 나의 추억의 역사다.

콩새의 아세로라

행복이 묻어나는 곳

출근 준비로 분주한 겨울 아침, 세수한 얼굴에 화장품을 찍어 바르고 드라이어 기기로 긴 머리카락을 말린다. 틀어 둔 TV에서 흘러나오는 뉴스 소식에 귀를 기울이며 잠깐 화면을 들여다보았다.

88세 되신 할머니께서 친구들과 삼삼오오 모여 그림여행을 다닌다는 내용으로 바닷가에서 그림을 그리는 모습을 보여준다. 프로그램을 제작하는 PD는 그림을 그리시던 할머님께 다가가서 그림의 주제가 무엇인지 인터뷰를 하고 있다. 할머님은 "제 그림 속에 행복이 묻어 있어요" 라는 대답을 하면서 인터뷰를 이어가고 있습니다. 내용이 궁금하여 조금 더 시청하고 싶었지만 근무시간에 늦지 않으려고 서둘러 출근을 하였다.

어린이집 현관문을 들어서니 선생님들은 크리스마스 나무를 꺼내 놓고 나무, 꽃, 별, 리본과 나무 상자 등으로 장식하며, 크리스마스 LED전구 설치에 집중하고 있다. 교실에서는 요즘 아이들이 배우고 있는 '꿈꾸지 않으면'이라는 노래로 떼로 열창을 한다.

꿈꾸지 않으면 사는 게 아니라고.
사랑하지 않으면 사는 게 아니라고.
배운다는 건 꿈을 꾸는 것.
가르친다는 건 희망을 노래하는 것.
배운다는 건 가르친다는 건 희망을 노래하는 것.
아름다운 꿈꾸며 사는 우리.

'아~ 12월! 겨울! 행복!'

순간적으로 출근 전 TV에서 봐둔 화면 속의 할머님 인터뷰 내용이 떠오르며 '행복이 묻어난다는 것은 이런 것이구나!'라는 생각을 해본다. 좋은 사람들과 함께 인생을 살아간다는 것은 참으로 행복한 일임에 틀림없는 것 같다.

콩새의 아세로라

커피 한잔을 나눠 마실 수 있는 사람, 귤 한 개를 같이 까 먹을 수 있는 사람, 노래방에서 노랫가락을 목청을 높이며 같이 부를 수 있는 사람, 맛있는 한 끼의 식사를 같이 할 수 있는 사람들이 있다면 우리네 인생에서 가장 필요하고 아름다운 이야기가 있고, 행복의 필수에너지가 넘쳐날 것이다. Love of my Life!

"오늘 저랑 점심하실래요?"

여러분 가정마다 12월은 '너가 행복한 만큼 나도 행복한 시간' '너로 인해 행복이 묻어나서 마음까지 힐링 되는 시간'을 갖기를 기원해 본다.

흑임자죽

오늘 아침에 아침밥을 드셨나요? 오전 간식 메뉴로 흑임자죽이 나왔다. 김장철에 언니로부터 선물 받은 전라도 젓갈 김치와 아주 맛있게 먹었다.

검은 참깨를 한의학에서는 '흑임자'라고 부르며 검은 참깨는 성질이 뜨겁거나 차갑지 않아 죽을 쑤어 먹으면 몸에 좋다고 알려져 있다.

신라시대에 청소년 수련생도인 화랑들이 즐겨 먹었던 죽이라고 한다. 신라시대의 화랑은 오늘날 아이돌과 같은 꽃미남으로 집안도 출중해야 할 수 있었다고 한다.

화랑이 되면 몸과 마음에 도움이 되는 음식을 주로 먹었는데 그

　　　　　콩새의 아세로라

중 흑임자죽을 많이 먹었다고 한다.

흑임자는 중국에서도 불로장생의 음식으로 불리며, 효능이 좋아서 동의보감에도 등장하는데 여덟 가지 곡식 가운데 가장 몸에 좋은 것이라고 밝히고 있다.

시골에서 초등학교를 다닐 때였다.

9월이 되면 마당에 돗자리를 깔고 참깨를 말리고, 다 말려진 참깨를 조심스럽게 털어내던 어머니의 모습이 생각난다. 그 자잘 자잘한 곡류를 섬세하게 털어내며 키로 까불면서 깨끗한 속살이 모여질때까지 참깨 타작을 하시던 나의 어머니의 정성으로 우리는 성장 할 수 있었다.

흑임자는 혈액순환을 원활하게 해주는 비타민E 가 많이 들어있어 머리카락을 건강하게 해주고 흰머리를 덜 나오게 한다.

건강을 염려하는 사람들에게 인기 있는 크릴 오일처럼 인지질 성분이 풍부하여 수분보충으로 피부 보습에 아주 좋으며, 뼈 건강에 좋은 칼슘이 풍부하여 근육을 강화시켜주어 골다공증 예방에도 좋다.

흑임자는 당뇨병 예방에도 좋고, 혈액을 만드는데 중요한 철분을 함유하고, 지방산과 아미노산 등 풍부하게 들어 있어 환자에게 영양식을 좋다고 알려져 있다. 또한 뇌를 구성하고 신경전달 물질인 레시틴을 다량 함유하여 뇌 활동을 원활하게 해주어 영유아, 성장기 청소년들의 기억력을 도와 두뇌 발달에 아주 좋은 영양소를

갖고 있다.

또, 눈 건강에는 얼마나 좋게요?

흑임자에 함유된 비타민B 성분이 우리 몸의 신진대사를 원활하게 도와주어 눈에 관련한 질환들을 예방해주는 효능이 있다고 한다.

오늘 오전 간식으로 나온 흑임자죽을 맛있게 먹으면서 흑임자죽 만드는 법을 알아보았다.

1. 하루정도 불린 현미와 찹쌀을 1:1 로 냄비에 넣고 물을 부어 불려준다.

2. 부드럽게 쌀알이 퍼지면 볶은 흑임자를 갈아서 약 2~3스푼 넣은 후 쌀알이 충분히 퍼지도록 끓여주고, 흑임자를 넣은 후에는 약 5분 더 끓여준다.

3. 소금으로 약간 간을 하고 잘 저어준다.

4. 시간이 지날수록 점점 색깔이 짙어지며 걸쭉하게 퍼지면 식힌 후 먹을 수 있다.

눈이 아파 며칠 동안 힘들었는데 한 그릇 먹고 나니 거짓말처럼 눈이 밝아지고 맑아진 것 같다. ㅎㅎ

콩새의 아세로라

흰 지팡이

세종대왕이 후천적으로 재위 중에 실명했다는 사실을 아십니까? 세종대왕은 "점복가 '지화'가 국가의 미래를 예견하여 점을 치고, 왕실 혼인은 물론 길흉화복의 점을 잘 치니 벼슬을 내리는 것이 어떠냐?"고 황희 정승과 맹사성에게 물어보았다. 시각장애인 '지화' 에게 황희 정승은 정4품 벼슬자리로 제한하며 벼슬을 주자 사간원에서는 반대를 하였다. 세종대왕은 지화에게 내리는 벼슬은 문제가 없고 정당하다고 신하들을 설득시켰다. "나도 맹인인데 왜 안 된단 말이냐?" 라고 일축시켰다고 한다.

이런 내용이 세종실록 75권, 18년(1436)에 실려 있다. 세종대왕이 시각장애인에게 벼슬을 내려 신하들에게 원성을 샀던 일화를 드라마에서 재구성하여 〈세종대왕〉방영을 한 적이 있다. 세종대왕의 일화를 소개하는 이유는 시각장애인의 이해를 돕는 교육을 받으면서 느꼈던 점이 있었기 때문이다.

오늘은 시각장애인이 되어 체험해보는 특별한 교육을 받았다. 교육을 받으면서 시각장애인이 들고 다니는 지팡이는 그냥 지팡이가 아닌 '흰 지팡이'라는 고유명사임을 오늘에야 알게 되었다.

길을 걷다가 보도블록에 발이 걸려 넘어지는 경우가 있다. 멀쩡한 나도 이런 경험을 하는 일이 자주 있는데 시각장애인들은 길거리가 전쟁터일 것 같다는 생각이 들었다. 까만 안대를 끼고 흰 지팡이를 들고 시각장애인이 되어 도로를 나서니 마치 전쟁터 한복판에 내가 서 있는 것 같았고, 계단을 오르고 내리는 상황들은 마치 낭떠러지 앞에서 한발 한발 내딛는 느낌이었다. 공포가 엄습하며 등줄기에 땀이 고이기 시작하였다. 비장애인의 도움으로 안전한 팔을 잡고 가는데 왜 내 팔에 힘이 가해진다. 시각장애인의 일상은 안전으로부터 얼마나 많은 위협을 받고 있는지 알 수 있었다. 영화 〈여인의 향기〉에서 알파치노가 허공에 스며들 것 같은 눈빛을 가진 시각장애인으로 나오면서 지팡이를 들고 거리를 누비던 모습이 떠올렸다.

지팡이는 시각장애인이 활동하는데 사용하는 보조기구였다. 시각장애인이 사용하고 있는 지팡이의 색깔은 흰색으로 통용되며,

일반 지체장애인이나 노인의 보행에 쓰이고 있는 지팡이와는 다르게 구별하고 있다. 알아둘 것은 시각장애인 이외의 사람은 흰색을 금한다고 한다. 세계대전 당시 리처드 후 박사가 전쟁으로 인해 급증하는 시각장애인을 위해 흰 지팡이를 고안하여 이후 세계 시각장애인협회가 1980년 10월 15일을 '흰 지팡이의 날'로 제정하여 이들의 자립과 성취를 상징하는 날로 정하였다. 4차 산업혁명시대인 오늘날도 대부분의 시각장애인은 '흰 지팡이'를 사용하지만 앞으로는 '스마트형 흰지팡이'가 나올 것이다.

흰 지팡이는 '동정'이나 '무능'의 상징이 아니라 자립과 성취의 상징이다.

대한민국은 흰 지팡이에 대한 규정은 1972년 도로교통법에 마련하여 현재 도로교통법 제11조에서는 '앞을 보지 못하는 사람이 도로를 보행할 때는 흰 지팡이를 가지고 다녀야 한다'로 되어 있다.

흰 지팡이를 사용하는 시각장애인을 만나면 운전자는 주의하고, 보행자는 통행에 지장을 주지 않게 하거나 도움을 청하면 친절하게 정확하게 말로 설명을 하며 안내해야 한다. 도와준다고 팔이나 지팡이를 잡아당기거나 하면 안 된다. 흰 지팡이는 시각장애인이 마음 놓고 활동할 수 있는 권리를 보장해 주는 또 하나의 표시며, 흰 지팡이가 상징하는 의미를 알고 시각장애인의 신체를 보호하고 심리적 안정을 위해 시민들은 적극적으로 도와 주어야 한다.

헬렌 캘러가 쓴 책 ≪ 3일만 볼 수 있다면^{Three days to see}≫에 이런 내용이 있다.

"첫 날에는 나를 가르쳐 준 고마운 앤 설리번 선생님을 찾아가 그분의 얼굴을 보겠습니다. 그리고 산으로 가서 아름다운 꽃과 풀과 빛나는 노을을 보고 싶습니다.

둘째 날에는 새벽에 일어나 먼동이 터오는 모습을 보고, 저녁에는 영롱하게 빛나는 별을 보겠습니다.

셋째 날에는 아침 일찍 큰 길로 나가서 부지런히 출근하는 사람들의 활기찬 표정을 보고 싶습니다.

점심 때는 아름다운 영화를 보고, 저녁에는 화려한 네온사인과 쇼윈도의 상품들을 구경하고, 저녁에 집으로 돌아와 사흘간 눈뜨게 해주신 하느님께 감사의 기도를 드리고 싶습니다."

여러분! 3일만 볼 수 있다면 가장 먼저 무엇을 하고 싶을까요?

내가 볼 수 있다는 사실에 감사하며, 아름다운 모습으로 살아갈 수 있다는 것에 감사하기로 한다.

콩새의 아세로라

가정보육, 힘드시죠?

　코로나19로 전국의 어린이집이 감염예방 차원의 휴원으로 가정보육을 할 수밖에 없다. 간헐적으로 긴급보육이 필요하면 어린이집에 보낼 수는 있지만 국가적으로 사회적 거리두기 운동을 진행하고 있는 상황에서 이것 또한 눈치 보이는 일이다.

　가정보육! 이 단어가 왠지 낯설음은 그동안 '보육은 어린이집'이라는 당연함이었을 것이다. 가정보육을 해야 하는 영유아를 둔 부모들은 걱정이 많다. 경제활동을 하는 부부들은 어린이집에 맡겼던 아이들을 어디로 보내어 안전하게 보육을 해야 할지 고민이다. 시부모님이 건강하여 아이들을 맡길 수 있는 형편이 되거나 재택근무가 가능하다면 그나마 다행이다.

코로나19가 빨리 잠식되지 않으면 가정보육의 기간 또한 기약이 없다. 정말 사랑스럽고 예쁜 내 아이지만 24시간 가정보육이 길어지는 현실 앞에서 엄마 아빠는 너무 힘들고 지친다.

어린이집에서는 날마다 교직원들과 아이디어 회의를 하며 '어떻게 하면 어린이집에서 엄마 아빠의 고충을 덜어줄 수 있을까'를 고민하고 연구하며 빨래 짜듯이 쥐어짜본다.

회의 안건 중에 동화책 읽어주는 동영상 제작하기, 하루의 일과를 인형 소품을 활용하여 동영상 제작하기, 또 피아노 반주에 맞춰 선생님 목소리로 동요 녹음하기 등을 홈페이지에 올리는 아이디어를 쏟아내 본다.

오늘은 면대면으로 수업을 할 수 없는 작금의 현실 앞에서 어린이집에서 아이들이 수업시간에 활용하는 만들기 재료를 포장하여

콩새의 아세로라

영유아 가정에 배송하기로 하였다. 지속적으로 기발한 아이디어를 내보지만 휴원의 기간이 너무 길다.

어린이집에서는 급기야 매일 아이들과 무엇을 하고 놀아야 할지 고민하는 부모님들께 톡톡 튀는 부모님들의 아이디어를 공모해 보기로 하였다. 가정보육기간에 아이들과 재미있게 활동하는 동영상을 홈페이지에 올려주면 선정하여 상품을 주기로 했다.

부모님과 김밥 만들기, 함께 청소하기, 아이스크림 만들기, 물감놀이, 종이접기, 팝콘으로 벚꽃나무 만들기, 콩나물 기르기 등 다양한 아이디어가 쏟아진다. 또한 젊은 부모들의 AI시대에 걸맞은 다양한 촬영기법에 놀란다.

어느 부모님은 가정보육도 적응되니 괜찮다고 하면서 늘 묵묵히 아이들 보육해주시는 어린이집 선생님께 감사드린다는 인사도 잊지 않는다.

이렇게 놀아보면 부모님들의 가정보육이 힘들지 않을 것이라는 얄팍한 어린이집 원장선생님의 생각 엿보기다.

오늘도 감염예방에 최선을 다해보자. 코로나19가 잠식되는 그 날까지…….

벚꽃 아래서

봄이 오면 약속이나 한 것처럼 벚나무에 잎이 돋아나기도 전에 성질 급한 아름다운 꽃이 핀다. 흥이 오른 감탄사가 끝나기도 전에 벚꽃 잎은 사라져 버리지만 우리는 봄이 되면 벚나무의 벚꽃이 피기를 기다린다. 파스텔 톤의 은은한 연분홍의 조합이라고 해야 할까? 벚꽃은 아름다운 색을 지니고 있어서 이리 보아도 저리 보아도 예쁘다. 쉬이 사라지지만 않는다면 아쉬움이 없는 꽃이다.

'봄이 와도 봄이 아니다(春來不似春)' 하여 지역마다 벚꽃 축제가 취소되었지만 지인은 순간에 사라지는 벚꽃이 보고 싶다고 한다. 중랑천 둑방길을 따라 즐비하게 늘어선 오래된 벚나무는 어른 서너 명의 몸통을 모아 놓은 만큼의 둘레를 지녔다. 아주 오래된 벚

콩새의 아세로라

나무다. 흐드러지게 피어 흩날리는 벚꽃 잎을 보니 기분이 좋아진다. 모 가수는 봄만 되면 벚꽃으로 수 억의 자산을 축적할 수 있다고 한다. 일명 '벚꽃 연금'이라고 한다. 부럽다…….

친구들이 벚꽃 피는 거리에서 사랑을 속삭일 때, 친구와 헤어지게 되어 아름다운 봄날에 벚꽃이 빨리 지기를 바라는 마음을 가사로 썼다고 한다.

그대여, 오늘은 우리 같이 걸어요.
이 거리를, 밤에 들려오는 자장노래 어떤가요.
몰~랐던 그대와 단 둘이 손잡고
알 수 없는 이 떨림과 둘이 걸어요.
봄바람 휘날리며, 흩날리는 벚꽃잎이 울려 퍼질
이 거리를 둘이 걸어요.

비음이 섞인 가수의 목소리와 가사 내용이 한 번 들으면 귀에 아주 익숙해지는 묘한 매력을 지닌 노래다. 가사가 여러 번 들어도 질리지 않는다.

'나도 가사를 써서 벚꽃 연금으로 만들어볼까?'

벚꽃의 꽃말은 정신의 아름다움, 결백, 순결, 설렘, 순결 등 다양한 꽃말을 지녔다. 벚나무과의 장미과 식물로 벚꽃의 원산지는 한국도 아니고 일본도 아닌 히말라야에 걸쳐진 전 지역에 서식하다 가 세월이 흘러 동쪽으로, 북쪽으로 분포를 넓혀서 여기까지 왔다 고 한다.

벚꽃의 추억을 소환해보자면, 대학 신입생시절에 시내에서 조금 떨어진 외곽지역으로 옮긴 캠퍼스 주변은 온통 배나무와 벚나무 밭이었다. 쌀쌀한 3월 중순의 신학기 강의는 벚꽃과 배밭 천지의 들녘에서 시작되었다. 영미희곡 수업시간에 한국말이 어눌했던 노 교수님은 영미 시를 강의하며 바람 부는 봄날, 창밖을 내다보며 하시는 말씀이 '벚꽃 잎이 가달거린다'라고 하여 빵! 터졌던 기억이 있다. 가수 양희은의 '하얀 목련'을 좋아하셨고 '벚꽃잎이 가달거린 다'라는 표현을 해주셨던 노 교수님은 미국에서 오랫동안 살다가 오셨기에 한국말이 서툴렀다. 아마도 '벚꽃잎이 하늘거린다'라는 표현을 잘못 쓰셨을 것이다. 매년 벚꽃 피는 봄이 되면 영미희곡을 지도해 주셨던 노교수님이 떠오른다.

벚꽃잎은 바람에 약해서 미풍에도 흩날리어 눈처럼 내린다. 지 인과 함께 손바닥으로 벚꽃잎 잡기 놀이를 해보았다. 바람에 흩날 리는 벚꽃잎은 아름다운 시절이 잠깐인 우리네 삶의 덧없음과 같 음이리라.

콩새의 아세로라

일편단심 민들레

코로나19 확산 방지를 위한 고강도 사회적 거리두기로 주말마다 분주하게 보냈던 일상에서 잠시 멈춰서기를 해보니 집안에서 마냥 보내는 일이 쉽지 않다. 뭉그적대다가 급기야 오후가 되니 한계상황에 다다른다. 모자를 눌러쓰고 선글라스와 마스크로 잔뜩 무장을 하고 한강을 걷기 시작했다.

한강에 나와 있는 제법 많은 사람들도 나 같은 마음이리라 생각해본다. 사람들과의 거리를 눈대중으로 측정하면서 해를 등진 채 한참을 구리 방향의 둑방길을 걷기 시작했다. 도로가에 흙과 눌러붙은 것처럼 보이는 노란 꽃들이 즐비해 있다.

'일편단심 민들레'다.

이른 봄이 되면 꽃샘추위에 강점을 가졌기에 추위에도 지지 않고 가장 먼저 피어나는 꽃, 번식력이 좋은 서양 민들레에 비해 토종 민들레는 같은 종끼리만 수분하여 씨앗을 맺는다고 하여 '일편단심 민들레'라고 한다.

민들레는 키가 작기 때문에 날씨가 좋아지면 왕성한 식물들에게 밀려 번식하기에 무리가 있어서 하면(여름잠)을 하기 위해 여름이 되면 스스로 잎을 말린다. 그래서 다른 식물과 경쟁하기 좋은 이른 봄에 씨앗을 많이 만들기 위해 꽃을 피운다고 한다.

뿌리가 깊고 단단하여 추운 겨울에도 수명을 잘 유지하고, 줄기가 흙의 표면에 붙어 있어서 이른 봄에 가장 먼저 꽃을 피워서 일찍 깨어난 곤충에게 꿀을 내어주는 착한 꽃이다. 된장국을 끓여 먹

콩새의 아세로라

기도 하고 소화불량, 해열, 간장, 자궁병 등에 좋다고 하여 한약재로 사용하기도 한다.

요즘 토종 민들레는 만나보기 쉽지 않다. 우리가 흔히 볼 수 있는 것은 서양 민들레로 일반 제초제로는 죽지 않는다 하여 잡초 중의 왕이라고 불린다. 씨앗이 작아서 종자를 많이 생산할 수 있고, 씨앗 또한 가벼워서 멀리까지 날아가 넓은 영역을 차지할 수 있다. 수분을 하지 않고도 씨앗을 만들어 낼 수 있는 능력도 출중하다.

겨우내 말라비틀어진 흙더미 속 낙엽 사이로 봉긋이 올라와 있는 노란 민들레는 사람들이 밟고 지나가는 도로가와 아스팔트 갈라진 틈 사이, 한강변 둑방길에 빼곡하게 나름의 질서를 갖고 한자리를 차지하고 있다.

노란 수줍은 손짓으로 봄이 왔음을 알리며 나에게 봄을 만나보라고 유혹한다.

멀리서도 잘 보이고 태양과 스마일을 상징하는 낙관적이면서 유쾌한 노란색을 가진 봄맞이 민들레 꽃! 어린이집 아이들과 가장 잘 어울리는 색을 가진 민들레 꽃!

너는 여전히 요즘의 코로나19 바이러스와 상관없이 활짝 피어나 노랗구나!

Puff(The Magic Dragon)

　영어강사라는 직업으로 남녀노소 초, 중, 고, 성인, 노인까지 모든 연령대를 섭렵하며 20대 후반의 젊은 혈기는 힘든 줄 모르고 새벽반부터 야간반까지 하루에 10시간이 넘도록 강의를 하던 시절이 있었다. 그날도 강의를 신명나게 하고 있는데 옆 강의실에서 잔잔한 포크송이 계속하여 들려온다.

　옆 교실의 담당강사는 40대 중반의 외국인 강사로 두상이 동글동글하고 샘 해밍턴과 비슷한 몸매와 왕방울 눈에 콧수염과 구레나룻을 가진 외국인이었다. 그는 늘 기타를 옆에 끼고 다니면서 학생들에게 큰 눈을 껌뻑이며 마술을 보여주기도 하고, 기타를 치면서 팝송으로 영어지도를 하면서 그 당시의 획기적인 교실수업의 변화를

콩새의 아세로라

보여주며 강의실에서 즐거운 학습을 이끌어주는 분이었다.

난 그분의 수업 방식이 마음에 들어 생계형 영어강사의 직업에 에너지를 입혀서 수업에 적용하기 위해서 마술을 배우러 다니고, 기타를 배우러 다니기도 하였다. 기타는 내 적성에 맞지 않아 바로 그만두었지만 지금까지도 그분이 학생들에게 지도해 주었던 포크송이 귀에서 맴돈다. 미국의 포크그룹으로 알려진 피터, 폴 앤 메리 (Peter, Paul & Mary) 세 사람이 부르는 서정적인 매력을 가진 'Puff(The Magic Dragon)'는 마치 한 편의 동화를 듣는 것 같은 스토리 송이다.

'퍼프'라는 이름을 가진 바닷가에 살던 마법을 지닌 용과 '재키 페이퍼'라는 소년의 이야기다. 이들은 늘 함께하는 친구였으나 재키가 성장하면서 더 이상 퍼프를 찾지 않게 되자 퍼프는 친구를 잃은 슬픔에 자신이 원래 살던 동굴 속으로 돌아가 버린다는 내용이다. 쉬운 멜로디의 곡으로 어린 시절로 돌아가 보면 노랫말이 가슴속에 스며들 것이다.

퍼프는 바다에서 살았다. 그리고 하나리라고 불리는 섬 가을 안개 속에서 뛰어놀았다.
꼬마 재키 페이퍼는 그런 장난꾸러기 퍼프를 사랑했다.
그리고 실과 초 그리고 다른 신기한 물건을 가져다주었다.
섬의 가을 안개 속에서 뛰어 놀았다.

소용돌이 모양의 돛을 가진 작은 배로 그들은 함께 모험을 했다.
재키는 퍼프의 거대한 꼬리 위에서 선장처럼 항해를 했다.
귀족인 왕과 왕자들은 그들이 올 때마다 경례를 했고, 퍼프
가 그의 이름을 크게 말하면 모두들 깃발을 내렸다.
용은 영원히 살 수 있었지만 소년은 그렇지 않았다.

화려한 날개와 거대한 발톱은 다른
장난감에 밀려버리고 어느 날 밤부
터 재키는 더이상 오지 않았다.
거대한 용 퍼프는 용감한 포효를
그만두게 되었다. 그는 슬픔으로
머리를 떨구고 초록색 비늘은 비처럼 떨어졌다.
퍼프는 더 이상 체리나무 오솔길에 놀러 가지 않았다. 평생
의 친구를 잃은 퍼프는 더이상 용감해 질 수 없었다. 그래서
거대한 용 퍼프는 슬픔에 차 조용히
그의 보금자리인 동굴로 들어가 버렸다.

가사 내용이 조금 슬프긴 하지만 몇 번 들으면 입에서 흥얼거리
게 되는 아름다운 곡이다. 오늘은 아이들과 함께 이 노래를 배워보
면 어떨까 생각해본다.

♬♬♬ Puff the magic dragon lived by the sea~~~~ ♬♬♬

콩새의 아세로라

봄에는 왈츠를 추자

요한 스트라우스의 '봄의 왈츠'를 듣는 것처럼 봄이 경쟁하듯 한꺼번에 달려든다. 봄이 오는 모습과 기쁨을 표현하는 음악처럼 나무는 싹을 틔고, 벚나무는 꽃을 피우고, 진달래는 흐드러지고, 모란은 뚝뚝 떨어져 슬픔을 달랜다.

강화도 들판을 산책길 삼아 봄을 맞이하러 간 서울 아낙네들은 지가 알아서 잘 자라는 봄비에 목말라 있는 쑥에게 무정하게 떠나라고 한다. 서울 아낙네의 피부는 소중하니까 챙 넓은 모자를 눌러쓰고 고급진 선그라스로 얼굴의 반을 덮고, 마스크로 마저 반을 가린 채 목이 긴 장갑으로 팔뚝까지 자외선을 차단해본다.

어설픈 쑥 캐는 아낙이 되어 들길의 잡풀이 풍성한 양지 바른 들

판에 널찍한 엉덩이를 풀밭에 들이밀면서 퍼질러 앉는다. 세경(歲
竟)도 주지 않고 염치없게 쓱싹쓱싹 쑥을 캐낸다. 아낙네의 손길이
바빠질수록 비닐봉지 가득 나물이 쌓이고, 아낙들의 등판에서 정
겨움이 묻어난다. 허리와 무릎에게 물어 본다. 안녕하냐고?

봄비를 기다리는 쑥을 무정하게 채취하며 서울 아낙들은 삼삼오
오 모여 침 튀기며 자식자랑과 함께 한 지붕 아래 이몽하는 삼식이
의 흉을 보며 간간하게 MSG를 치고, 나이 들고 병들어가는 부모님
걱정, 학창시절 이야기 등 무한한 입담에 시간 가는 줄 모른다.

설레는 봄 향기에 취해 있는 쪼그려 앉아 있는 아낙네들의 뒷모
습엔 즐거움이 날개를 달았다. 자연을 가까이하면 누구나 처녀가
되나보다. 이들의 모습에서 처녀냄새가 난다.

아직 키가 쑥 자라지 않은 땅꼬마 쑥을 바구니에 한가득 채취했
다. 마음은 벌써 주방의 냉장고 앞이다. 깨끗이 씻어서 비닐 팩에
나눠 담아 된장과 마늘, 참치액젓에 버무려 냉동실에 보관했다가
생각날 때마다 꺼내서 봄 내음 가득한 계절밥상으로 우리 가족의
건강을 챙기리라.

쑥과 미나리를 넣은 쑥 미나리전, 진달래꽃 따다가, 쑥 화전, 쌀
가루와 쓱쓱 섞어서 채반에 찌는 쑥버무리, 방앗간에 가서 쌀가루
와 데친 쑥을 섞어 갈아서 둥글납작하게 개어 쑥 개떡을 만들고,
밤 대추 호두 연근을 얹어서 쑥 영양밥을 해야지······.

콩새의 아세로라

생각만으로도 입안에서 봄이 왈츠를 춘다.

쑥은 메마른 땅에서도 잘 자라는 무공해 완전식품이다. 우리나라 역사의 지독한 가난에 배를 채워주던 쑥 죽 이야기를 보면 역사를 대변하는 나물이기도 하다. 쑥은 먹다 죽는 게 소원이었던 그 시절, 굶주림을 나눠먹던 음식이자 우리 삶의 희로애락이 묻어있는 식물이다.

깨끗한 봄 향기를 느끼기 위해 최적화된 식물이 쑥이 아닐까 생각한다. 상큼한 봄의 향기가 입안에 가득 머물렀던 오늘 하루, 행복한 웃음으로 강화도의 들판을 한바탕 불사르고, 즐거움의 쑥 향기가 어스름을 알리며, Say Goodbye Our Spring~~

사랑에 빠지다

　나는 요즘 이 남자와 사랑에 빠졌다. 출근할 때마다 이 남자의 안부가 궁금하여 등원했는지 묻는다. 주말이 되어도 나는 이 남자가 보고 싶어진다.

　내가 이 남자를 만난 지 14개월이 되어간다. 처음 만났던 6개월간은 시크한 이 남자의 눈길을 받지 못했다. 6개월이 지나자 서서히 익숙해졌는지 웃는 눈빛으로 나를 반긴다. 요즘 시시때때로 나는 이 남자가 생각난다. 어린이집 휴원으로 2주 동안 볼 수 없었다. 엄마는 힘겨워서 더 이상 혼자 못 키운다고 어린이집에 보내야겠다고 하면서 등원을 하기 시작하였다. 이 남자는 일란성 쌍둥이로 태어났기에 엄마 혼자서 육아를 담당하기엔 무리가 있다.

콩새의 아세로라

　이유식 기간이 지나고 며칠 안 만난 사이에 훌쩍 커버렸다. 이제
는 숟가락으로 스스로 밥을 먹겠다고 한다. 어설프게 잡고 있는 숟
가락 사이로 밥을 반은 흘리지만 손가락으로 꾸역꾸역 밀어넣으
며, 흘리며, 오물거리는 그 입 매무새가 애간장을 녹인다.

　나는 이 남자가 너무 사랑스러워 매일 한번 씩 안아주고 어부바
를 해준다. 어릴 때부터 아이를 좋아했던 나는 특히 가장 어린 연
령대의 영아들이 너무 예쁠 때는 어부바를 해주게 된다. 내가 아가
들을 사랑하는 방식이다.

If you stop crying, Mommy will give

you a piggyride, okay?

(울음 뚝하면, 어부바 해줄게)

이 남자도 내 맘을 아는지 유희실에서 놀다가 나와 눈이 마주치면 내 방을 그냥 지나치지 않는다. 반갑다고 두 팔을 벌리면 아장거리는 발걸음에 속도를 내어 달려온다. 아웅~~

이 남자는 손을 잡고 걷자고 하면 무척 좋아한다. 자기가 사랑받고 있다는 것을 아는 것처럼 손을 꼬옥 잡고 기뻐하며 걸어준다.

오늘은 햇살이 좋아서 마스크를 끼게 하고 양팔로 안고 밖을 나가보았다. 이 남자는 바이러스 때문에 마스크는 꼭 끼는 것이라고 하면서 내 입에 씌워진 마스크를 만져보게 하니 영리해서인지 마스크도 잘 끼고 있다. 한참을 안고 걷자니 무게감이 느껴져서 내려놓게 되었다. 에효~ 이 남자는 오늘 등원하면서 2인용 웨건을 타고 오면서 신발을 신고 오지 않았다. 맨발인 것을 알면서도 땅에 내려놓으니 신이 나서 이쪽저쪽을 기웃거리면서 너무 좋아서 입을 다물지 못한다. 알 수 없는 옹알이로 손가락으로 화분을 가리키고, 꽃잎을 만져보기도 하면서 신나 보인다.

"이제 그만 들어가자!"

그러자 나와 다른 방향으로 휙 돌아서서 달려간다. 들어가기 싫다는 신호다. 나는 뛰어가 얼른 뒤에서 안았다.

오늘 하루 산책, 이 남자로 인해 즐거웠다.

콩새의 아세로라

태어나보니 재벌 집

"엄마! 태어나보니 우리 집이 재벌 집이었더라면 좋았을 것 같아요." 청소년기에 접어든 큰 아이가 한 말이다. 특별한 여유 없이 사는 현실이 재벌 집에서 태어나서 자기가 하고 싶은 것 다 누리면서 살았으면 하는 바람이었을 것 같다. 그 후로 아들은 청년으로 성장하여 군에 입대하였고, 제대 무렵이 되면서 9개월 '단기하사관'을 지원한다고 한다.

왜 그런 생각을 하게 되었는지 물어보니 경험 삼아 단기로 하사관을 해보다가 적성에 맞으면 계속하여 직업군인이 되어 보려고 한다는 것이었다. 그렇게 9개월이 지났고 적성에 맞는지 다시 연장하여 9개월을 더 복무한다고 한다.

처음 단기하사관을 신청했다는 말을 들었을 때는 아들이 벌써 자기 미래를 계획하여 직업군인의 길로 들어서기 위해 결정한 것이라는 생각이 들었다.

얼마 전 통화에서 코로나19 감염예방을 위해 군부대에서 계속 방역을 하러 다닌다고 하였다. 방역을 마치고 숙소에 돌아왔다고 하면서 힘없는 목소리로 "엄마, 나 뭐해 먹고 살지?" 라고 하였다. 간담이 서늘해지는 것을 느끼면서 드디어 '올 것이 왔구나'라고 생각했다.

"왜? 직업 군인이라는 직업이 별로야?"

"아니, 계속해서 이 일을 할 수는 없잖아요."라고 한다.

안정적이기는 하지만 월급이 적고 최전방에서 숙소와 부대를 오가며 지내자니 스무 살 초반의 꿈 많은 청년이 원하는 삶은 아니었을 것이다.

"왜 네가 특별히 하고 싶은 것이 있니?"

"아니, 그건 아니고……, 그냥, 내가 뭘 해야 할지, 좋아하는 것이 뭔지 잘 모르겠어요"라고 한다. 엄마는 속으로만 '월급은 적어도 안정적인 직업군인을 하지'라는 말이 입안에서 맴돈다.

"어떻게 살아야 할지 천천히 생각해 보자" 라고 하고 전화를 끊었다.

요즘은 사회에 나와도 변변한 직업을 갖는 일이 쉽지 않다. 꿈을 가지라고 말해주기엔 꿈이 없는 상황이다. 평생직업이라고 할 수 있는 직업이 없는 현실에서 "난 뭐해 먹고 살지?"라는 질문을 청년들은 어른들을 향해 던질 만 하다고 생각한다.

그러면 '나는 그동안 뭐해 먹고 살았지?' 그래, 지금까지 성실함에 인색하지 않고 고민하며 살았었지……. 이렇게 삶은 우리에게 계속 고민하며 살라고 한다.

아들은 아직 젊으니까 다양한 경험으로 삶의 양식을 채워 나가야 하리라. 할 수 있고, 하고 싶고, 즐겁고, 재미있고, 또한 금전적으로도 풍부한 그런 직업을 찾아야 할 것이다. 원대한 꿈을 가지라고 말하기엔 꿈이 없는 현실이다. 이렇게 말할 수밖에 없는 요즘의 어른이어서 미안하다.

홍합의 유혹

군 입대한 둘째아들이 말년 휴가를 나왔다.

그런데 온 나라를 들썩이게 하는 코로나 바이러스로 인하여 마지막 귀대를 하지 못하고 자동제대를 하였다.

밥 먹는 사람이 한 명 늘어나니 식탁의 먹을거리가 참 많이 신경 쓰인다.

퇴근하면서 마트의 수산물 코너를 둘러보다가 검은 빛의 남자어른의 엄지손가락만 한 홍합이 눈에 들어온다.

젊은 날 겨울이면 가끔 들렀던 포장마차의 넉넉한 인심을 가진 주인아주머니의 무한리필 홍합탕이 생각난다. '그래 오늘 저녁메뉴는 홍합 너로 정했다!' 홍합 한 팩을 사들고 집에 와서 옷 갈아입

콩새의 아세로라

는 것도 잊고서 혼합곡을 씻어서 밥솥에 앉히고, 홍합을 맑은 물에 서로 비벼서 깨끗이 씻고, 수염을 제거하여 국물을 부어 앉혔다. 해감이 필요 없고 끓여서 졸여내면 되는 고급진 요리 실력이 필요 없는 간편 요리라고 할 수 있다.

바닥이 깊은 냄비를 고른 후, 양파를 썩썩 동그랗게 썰어서 바닥에 깔아 주고, 다시마 몇 조각 넣은 후 홍합을 넣고 물을 부어준 다음 청양고추, 대파를 송송 썰어 넣고, 간을 맞추기 위해 소금 조금 넣고, 깔끔하고 깊은 맛을 내기 위해 식초를 넣었다. 빨간 고추가 모양내기 좋으나 없어서 넣지 못했다. 바닥에 물이 올라오지 않도록 국자로 살살 국물을 떠서 홍합더미에 덜어주니 바다 내음이 그윽하게 올라온다.

껍질이 잘 벌어지도록 처음부터 물을 붓고 끓였다. 홍합탕은 세상 제일 쉬운 요리, 맛 좋고, 영양 좋고, 가격 착하고, 더구나 데코가 근사하다.

홍합에는 효능이 다양하고 담백한 맛이 일품이다. 담치, 섭조개 등 여러 가지 이름을 가졌으며, 바다의 담백한 채소라는 뜻을 지닌 '담채' 라고도 불린다. 특히 홍합의 효능 중 철분과 프로비타민 D를 함유하고 있는데 이것은 칼슘과 인의 흡수율을 높여주어 뼈를 튼튼하게 해주고 골다공증을 예방할 수 있다고 한다.

그래서 6개월 전 연골이 찢어졌을 때, 주변에서 연골조직 생성에 좋다고 추천해준 초록입홍합 100%환을 구입하여 먹었다. 워낙 다양한 것들을 복용하여 어느 것이 더 효능이 있었는지 구분은 할 수 없지만 무릎이 좋아진 것은 사실이다.

철분 외에도 칼륨, 무기질이 있어 혈관나트륨, 각종 이물질 등을 외부로 배출하는 능력이 뛰어나 혈압을 조절해주고 콜레스테롤수치를 조절해주니 고혈압을 가진 분들에게 권할 만하다. 특히 여성들에게 좋은 피부의 탄력을 도와주는 바타민 C와 E가 많이 함유되어 있어 피부건조를 막고 피부재생효과, 피부노화방지, 피로회복 등에 좋다. 남성에게는 타우린, 베타인 성분이 있어서 간을 보호해주는 역할로 숙취해소에 좋다고 한다. 다른 음식에 비해 단백질이 풍부하여 다이어트를 하거나 근육을 만드는 사람에게는 특히 홍합이 좋다고 한다.

오늘 밤은 꽃샘추위로 쌀쌀하다고 하니 홍합탕과 탁주 한 사발로 즐거운 저녁 식탁을 연출해보시기를…….

콩새의 아세로라

휘게(hygge) 하는 삶

휘게^{hygge}라는 단어는 백과사전에서 '소박하면서도 여유로운 일상을 보내며 사는 생활'이라고 표현한다. 가장 행복한 삶을 살고 있다는 덴마크 사람들이 행복을 느낌으로 표현할 때 자주 사용하는 단어다.

어떤 정취나 경험, 느낌, 스타일 등을 표현하는 말로 딱 꼬집어 표현하기 힘든 단어지만 느낌으로 누구나 알아챌 수 있는 단어라고 보면 된다. 한국말로 휘게, 휘게 등 철자를 어떻게 발음하는 것이 맞는지 잘 모르겠다. 그냥 느끼는 단어라고 해야 할까?

마음이 안락하고 편안하고 여유롭고 따뜻한 느낌으로 총체적으로 본다면 사랑하는 느낌, 사랑받는 느낌이라고들 한다. 하드웨어

라기보다는 소프트웨어에 가까운 단어다. 사람들 사이에서 함께 하는 느낌, 집에 있는 것 같은 느낌, 안전한 느낌, 세상으로부터 보호받는 느낌으로 TV프로그램 중 '자연스럽게'라는 프로그램을 휘게라는 단어로 표현하면 맞을 것 같다.

흐르는 강물을 바라보며 좋은 사람들과 피자 한쪽에 와인을 마시면서 세상 돌아가는 이야기에 하하호호 웃으며 이야기할 수 있는 그런 휘게,

아이들 어린이집에 보내고 주방 설거지를 마치고 좋아하는 더치커피 한잔 내려 향기를 마시며 베란다 한편에 서서 창밖을 내다보는 휘게,

유년기 사진첩을 보면서 옛일을 회상하며 입가엔 미소가 번지는 휘게,

산 정상에 올라 집에서 싸온 도시락을 남편과 나눠 먹으며 번지

콩새의 아세로라

는 휘게,

시골집 친정어머니와 뒷동산에서 쑥을 캐며 나누는 휘게,

꽃집 앞을 그냥 지나치지 못하고 후리지아 한 단을 살 수 있는 휘게, 세발자전거의 뒷자리에 동생을 태워주는 휘게,

이 모든 것이 휘게다. 이보다 더 휘겔리한 일이 있을까?

휘게의 형용사형으로 휘겔리라는 단어를 사용하는데 덴마크인들은 휘겔리(휘게스럽다)에 흥분하며 산다고 한다. 덴마크 사람들은 휘게를 중요시하고, 휘게가 이루어지는 공간의 핵심을 '집'이라고 여기므로 집을 꾸미는 일(홈 인테리어)에 열심이다. 그래서 덴마크는 행복, 삶의 질이 높은 복지제도 1등 국가라고 한다.

휘게는 사람들이 가족이나 친구, 이웃과 관계를 맺는 방식으로 행복과 관련이 있으며, 이 행복은 인간관계에서 오는 질이 더 중요하다고 보았다.

좋은 사람들과 함께 보내는 편안하고 행복한 순간을 잊지 않기 위해 생각날 때마다 기록하는 일이 내가 하는 휘게다.

아이들과 보내는 많은 순간들이 기쁨으로 돌아오는 보육 휘게, 인생의 조각들이 모여 글쓰기를 할 수 있는 행복한 휘게로 돌아온다.

오늘도 휘게하는 삶이 되자.

※참고 - 〈휘게라이프〉 마이크 비킹 저

어여쁜 미술선생님

artist
jyeon

　매주 수요일이면 미대 나온 사장님이 운영하는 갤러리 카페에서 그림을 그린다.

　나에게 그림을 가르쳐주는 선생님은 미술을 전공하고 꽃보다 어여쁜 미모를 지녔으며, 얼굴은 조막만 하고, 피부는 하얗고, 이슬만 먹고 살 것 같은 살갗을 지녔으며, 손은 작고, 손가락은 가늘고 혈관이 들여다보일 만큼 새하얗다. 그 작은 손으로 그려내는 붓의 놀림은 원고지 위에 전두엽의 상상과 창조의 글쓰기를 놓치지 않기 위해 글을 써 내려가는 작가처럼 캔버스 천 위에 드로잉을 하며 자유롭다. 그녀는 죽은 그림도 소생시키는 마법을 부린다.

　무용가에게 춤사위가 있다면 그녀에게는 손사위가 있을 것이다.

콩새의 아세로라

손사위의 섬세함은 마치 영혼이 깃들어 있는 삶을 그려내는 것 같다.

그녀는 수강생들의 그림을 지도하면서 교정이 필요하면 항상 "잠깐 일어나 보세요"라고 한다. 수강생이 일어난 자리에 앉아 수강생의 그림을 조금씩 수정하면서 이대로 그려보라고 하면서 숙제를 내준다. 그녀가 옆에 와서 잠깐 일어나보라고 하면 '아! 내가 뭘 잘못 그렸구나' 라고 생각하게 된다.

"잠깐 일어나 보세요."라고 말하는 억양이 강한 어투는 마치 도도한 도시여자처럼 느껴지지만 지방 사투리를 쓰며 웃음도 많고 순박함이 보인다.

"덩어리 덩어리로 스케치해보세요!" "스케치 한 다음 꼭 저한테 보여주고 색칠하세요!" "아니~~ 괜찮아요. 좋아요" 는 그녀가 수업 중에 주로 사용하는 문장이다.

수강생이 일찍 도착해도, 수강생이 그림을 덜 그렸어도, 시작하는 시간과 마치는 시간을 정확히 하는 칼 같은 개념 또한 마음에 든다.

말에 군더더기 없이 심플한 나는 시크한 어여쁜 미술선생님과 그림 그리는 수요일을 기다린다.

가볍게 시작한 그림 공부가 큰 수확으로 돌아온다. 어린이집 아이들의 정답 없는 그림을 들여다보며 "너는 이런 그림을 그렸구나!"하고 질문할 줄 아는 원장선생님은 그림을 그리면서 삶이 더욱 풍요롭고 즐거워진다.

콩새의 아세로라

초판 발행 2020년 7월 31일

글 · 그림 · 사진 · 남궁인숙
발행인 · 한은희
편   집 · 조혜련

펴 낸 곳 · 책봄출판사
주   소 · 경기도 고양시 덕양구 통일로 1276-8(킹스빌타운 208동 301호)
        서울 중구 새문안로 32 동양빌딩 5층(디자인 사무실)
전   화 · (010) 6353-0224
블로그 · https://blog.naver.com/anjh1123
이메일 · anjh1123@nate.com
등   록 · 2019년 10월 7일 제2019-0000156호
ISBN 979-11-969999-2-6 03810